L'AMI ANGLAIS

DU MÊME AUTEUR

L'ERREUR, roman, Gallimard, 1953, nouvelle édition en 1983 (Gallimard).

LE TEMPS QUI RESTE, essai d'autobiographie professionnelle, Stock, 1973. *Nouvelle édition enrichie et corrigée,* Gallimard, 1983.

LE REFUGE ET LA SOURCE, récit, Grasset, 1977.

L'ÈRE DES RUPTURES, essai, Grasset, 1979.

DE GAULLE ET L'ALGÉRIE, SEUIL, 1986.

CETTE GRANDE LUEUR À L'EST, entretiens avec Youri Afanassiev, Maren Sell, 1989.

LES RELIGIONS D'UN PRÉSIDENT, essai sur les aventures du mitterrandisme, Grasset, 1991.

LA BLESSURE, récit, Grasset, 1992.

En Folio (Gallimard)

LE REFUGE ET LA SOURCE, préface de Roland Barthes.

Au Livre de Poche (Hachette)

L'ERREUR, présentation d'Albert Camus.

LE TEMPS QUI RESTE.

L'ÈRE DES RUPTURES, préface de Michel Foucault.

LES RELIGIONS D'UN PRÉSIDENT.

En participation à des œuvres collectives

CAMUS, Hachette.

MAURIAC, Hachette.

CLAVEL, Laffont.

LE COMPLEXE DE LÉONARD, Julliard.

LE TIERS MONDE ET LA GAUCHE, Seuil.

JEAN DANIEL

L'AMI ANGLAIS

BERNARD GRASSET

PARIS

A Norbert

C'était une grâce de se sentir
vivant en cette aurore.
Notre seule jeunesse nous était paradis.
Epoque bénie...

Wordsworth,
Prélude, Livre XI

(...) Un des esprits les plus religieux de
son temps, si l'on entend par esprit
religieux celui qui ressent jusqu'au fond
de l'âme l'angoisse d'être un homme (...)

André Malraux,
(à propos de T.E. Lawrence).

— I —

LE MALTAIS

La division se trouvait à Kronenbourg, pendant le terrible hiver 1944-45, après la grande contre-offensive de la campagne d'Alsace. On logeait enfin, et douillettement, chez l'habitant. La première nuit, Antoine s'était trouvé dans le lit d'une Alsacienne impassible, veuve, entre deux âges, ni laide ni belle. Il logeait chez elle : donc, c'était la règle, il partageait sa couche. Le Führer avait enjoint aux Allemandes d'exploiter la fécondité des guerriers de passage. Redevenues françaises, les Alsaciennes se contentaient d'assurer leur repos. Transi, harassé, cherchant le sommeil, Antoine avait observé le rite, sans surprise ni refus, mais il avait dormi dans son coin sans frôler sa compagne de lit. Le lendemain soir, il trouva sur la table de chevet une petite assiette remplie de nougats et un mot : «Bonne nuit.» Il disposa d'une couche soli-

taire, dont il profita avec volupté jusqu'au milieu de la nuit. Puis un corps se glissa près de
lui. Il était tout en soie et tout en silences. Une
sensualité indistincte et tâtonnante aimanta
les deux corps l'un vers l'autre. Antoine vit à
peine le visage de sa nocturne visiteuse.

Il flottait dans une euphorie somnambu-
lique lorsqu'il entendit son nom, hurlé depuis
la rue enneigée. Des coups de klaxon retenti-
rent aussitôt après, avec insistance, venant
d'une jeep, alarmant tout le quartier. Une
voix demanda si Antoine se trouvait là. Antoine bondit à la fenêtre. Il aperçut le secré-
taire-estafette du capitaine, qui lui enjoignit
de faire son paquetage sur-le-champ. Antoine
venait d'être désigné pour suivre les cours
d'officier de réserve à Cherchell. «La guerre est
finie pour toi», commenta le secrétaire, sans
qu'on pût deviner s'il enviait ce privilège ou s'il
s'en indignait. Il faisait très froid sur le balcon.
Antoine n'avait qu'une envie sur le moment,
c'était de rejoindre la chaleur du petit animal
qui se pelotonnait sous la couette. Quelques
secondes plus tard, il décida qu'il n'avait aucune envie de quitter ses compagnons
d'armes, ni la division. Il ne pensa ni à la

«planque», ni à la possibilité de revoir ses parents, puisque Cherchell n'est pas loin d'Alger, encore moins à cette «fiancée» qu'il avait quittée sur un quai maritime, deux ans auparavant. Pas même enfin au soleil qu'il pourrait retrouver et dont il lui arrivait de rêver. Il dit au secrétaire, ou plutôt il s'est entendu dire : «Puis-je refuser?

— Bien sûr, répondit l'autre. Nous avions même déjà prévu ta réponse.» Antoine dit alors : «Je refuse.» Des cris lui parvinrent : «Bravo Antoine», depuis les fenêtres qui s'étaient entrouvertes après les coups de klaxon. Mais avant de regagner son lit, Antoine entendit aussi une autre voix : «Fais pas le con, rentre chez toi. Tu es fait pour être officier.»

C'était la voix d'un sergent-chef maltais taciturne, qui ne ratait pas l'occasion de souligner, dans tous les gestes d'Antoine, les signes d'une origine bourgeoise. Dans ses gestes et surtout ses propos : Antoine n'avait jamais réussi à prononcer avec naturel une expression un peu verte et il s'était toujours montré trop émerveillé devant les trouvailles de l'argot. Antoine regagna avec résignation son lit et le corps silencieux qui s'y trouvait. Le sergent-chef lui avait ôté la plus grande partie de l'orgueilleux plaisir qu'aurait pu lui procurer son refus de quitter ses compagnons d'armes.

La semaine suivante, au repos, mais sous une pluie glacée, tandis que la compagnie rassemblée assistait au départ des blessés, Antoine crut s'être aliéné l'estime de son sergent-chef maltais : devant une scène moins supportable que les autres, il lui avait pris le bras pour trouver un appui, sinon une complicité. Le Maltais s'était aussitôt dégagé.

On ne peut pas dire pourtant qu'Antoine avait fait preuve d'un excès de sensiblerie. Il avait vu des moignons calcinés, des os encore roses de sang séché, des ligaments tendus comme des toiles d'araignée, une main pauvre et ridicule presque détachée du bras, presque intacte. Une main qui avait l'air d'avoir appartenu à un être d'une autre planète. Antoine découvrait qu'un homme déchiqueté était plus *inhumain* qu'il ne l'avait jamais soupçonné. On ne pense pas, s'était dit Antoine, on n'arrive jamais à penser qu'en rafistolant de tels débris, il est possible de refaire un homme.

C'est cela peut-être qui fait si peur : savoir qu'entre la cendre qu'on a été, la poussière qu'on va être, on peut devenir ce bric-à-brac d'os, de tendons, de muscles dégainés.

Mais ce n'était pas tout. Le même jour, Antoine allait voir pis encore. Depuis un endroit du campement, il entendit des éclats de voix inhabituels. Le commandant de compagnie clamait sa honte d'avoir reçu une note de l'état-major du bataillon, signalant l'indigne tenue d'un sergent artificier de la compagnie. Ce sergent avait refusé de traverser un champ de mines pour secourir un soldat dont le bras venait d'être arraché par une explosion. Le Maltais proposa qu'on entendît le sergent s'expliquer lui-même. Les officiers pressèrent le commandant d'accepter et le sergent arriva, tête oblique, regard furieux et méfiant, épaules accablées. Pourtant il n'était pas honteux. Il se mit à parler et soudain chacun fit silence. Il dit que les mines, il les connaissait toutes, qu'il ne connaissait que cela, qu'il avait encore des éclats dans la chair pour avoir marché sur un explosif « antipersonnel ». On l'avait soigné pendant des semaines. On l'avait trituré, recousu, ouvert, refermé,

17

rafistolé. Puis on lui avait proposé une longue permission de convalescence. Il ne savait pourquoi. «Quelle connerie!» dit-il en regardant le ciel. Il avait refusé. Il était venu rejoindre la section de reconnaissance en demandant simplement de servir pour toutes les missions mais, blessé et convalescent comme il l'était, pas dans une unité qui eût affaire avec les mines. On avait accepté aussitôt sa requête. On lui demanda toutefois d'accompagner quelques jeunes et nouveaux démineurs pour les initier. L'un d'entre eux n'avait pas suivi ses conseils. Il avait sauté, il était tout en sang. «Et moi, soudain, dit le sergent, j'ai été paralysé sur place. Je n'ai rien compris à ce qui m'arrivait, je me suis retransporté en pensée à l'hôpital, j'imaginais qu'on me soignait, qu'on m'opérait. J'étais immobilisé. Appelez ça de la peur. Je sais que les brancardiers qui sont arrivés n'ont pas voulu aller secourir le gosse. Ils disaient que j'étais le seul à savoir comment on marchait entre les explosifs. J'ai répondu que cela ne servait à rien, qu'il y aurait trois morts, les deux brancardiers et moi, au lieu d'un blessé. Puis d'autres sont arrivés, on l'a transporté. Le gosse n'avait plus de bras.» Personne ne fit le moindre commentaire. Le commandant demanda au Maltais de faire disperser les hommes, et à quelques officiers et au Maltais lui-même de le suivre. On devait savoir ensuite que le commandant avait appris que le gosse était mort, et que le Maltais avait conseillé qu'on ne le dît pas au sergent. Quant à ce dernier, lorsque Antoine se rapprocha de lui, il ne cessait de répéter : «Putain de chiasse de putasserie de bordel de dieu.» Il n'arrêta pas pendant de longues minutes de ressasser cette phrase. Antoine eut des vertiges, des nausées, il crut s'évanouir. Il s'appuya sur le Maltais, qui venait chercher le sergent. C'est à ce moment-là que le Maltais s'est dégagé.

D'une manière générale, dès qu'on se manifestait de manière familière, ce Maltais, homme fruste, s'éloignait avec une impatience non dépourvue de hauteur. Personne, dans le souvenir d'Antoine, n'était apparu aussi distant de toute émotion ni pourtant, et en même temps, aussi disponible. Toujours éloigné, jamais lointain. Simplement, il refusait les gestes et les mots. On fait ce qu'on fait. Ce qu'on doit ? *Déconne pas !* Le devoir ?

Connais pas! On ne fait que ce qu'on aime? Va savoir si on aime ou pas. Parce qu'on est obligé? Tu ne dois être obligé par personne. Alors, pourquoi faire quelque chose? Pour rien. Parce que si on ne le fait pas, on n'est pas un homme? Qu'est-ce qu'un homme? Et la Patrie? Merde. Et la Révolution? Merde. Pourquoi avoir honte de parler? *Parce que parler, c'est dégueuler.* Toujours? Toujours.

Ce n'est certes pas suffisant pour faire comprendre pourquoi le Maltais en imposait à Antoine et à tous. Il est vrai que je n'ai pas encore précisé que, bien plus âgé que tous les autres soldats, ce sergent-chef trapu, aux paupières, aux moustaches et aux épaules tombantes, avait, deux ans auparavant, fait ses preuves, non pas encore contre l'ennemi mais, ce qui était peut-être plus important, parmi les siens. En arrivant en Tripolitaine, dans le premier *camp d'accueil, de transit et de tri* où se trouvait Antoine, le Maltais était intervenu, à la stupéfaction de tous, dans un conflit entre deux parachutistes yougoslaves de la Légion étrangère. Deux jeunes surhommes, tout droit sortis d'un rêve wagnérien, vociféraient en une langue étrange, imposant silence à deux cents nouveaux arrivés et transformant le camp en arène de leurs affrontements. Antoine, dont c'était les tout premiers jours dans la division Leclerc, arborait sur sa vareuse anglaise une énorme croix de Lorraine et déambulait, la tête bourrée d'idéal, sous l'écrasant soleil de Sabratha, le théâtre romain près de Tripoli. Il eut un haut-le-cœur en apprenant la raison du conflit : les deux paras se disputaient un adolescent breton plutôt efféminé et dont ils hurlaient sans vergogne que chacun avait le droit de le sodomiser avant l'autre. Le Maltais s'était alors interposé. Il prétendit avoir eu, lui aussi, et avant les deux autres, des vues sur l'éphèbe breton. Il prévint donc : ou bien il faudrait au vainqueur se battre encore avec lui; ou bien les deux légionnaires tireraient entre eux au sort pour savoir qui l'affronterait sur-le-champ. Après maintes négociations, la seconde solution fut adoptée. Il fut décidé qu'il n'y aurait qu'un duel et qu'il opposerait l'un des parachutistes au Maltais. L'autre s'inclina devant le verdict du sort avec une discipline qui surprend toujours le témoin de ces conventions primitives. Pourquoi la barbarie qui enfreint toutes les règles s'en impose à elle-même de si sévères ?

Le combat eut lieu selon les règles des paras, c'est-à-dire «à la loyale» : torse nu, au poignard, avec arrêt au premier sang provoqué par une *pénétration*, et non une *éraflure*, du poignard. Eraflé à plusieurs reprises, le Maltais, qui à aucun moment ne parut douter de lui, finit par planter son poignard dans l'épaule du para. Le sang coulait d'abondance. Le combat s'arrêta. Selon le rite, les deux hommes s'embrassèrent. Après lui avoir fait un garrot, le Maltais administra les premiers soins au blessé, puis il prit sous son aile le jeune Breton. Ce qui avait le plus frappé Antoine fut l'attitude du jeune homme convoité : il avait suivi le combat, comme une princesse eût observé le duel de deux seigneurs s'affrontant pour la mériter. Antoine était consterné. Il y avait donc des viols ? Et des viols de garçons ? Et cela ne semblait surprendre personne ! Pas même la victime désignée. Fallait-il en passer par là avant de faire la guerre ? Même chez de Gaulle ! Même chez Leclerc ! Antoine s'était préparé en esprit à bien des choses, mais pas à cela, grands dieux, pas à cela.

On put croire un moment que le Maltais travaillait, comme il l'avait annoncé, pour son compte. Mais sitôt le combat terminé, il emmena vers la tente des officiers la victime d'abord désignée du sacrifice. Antoine suivit le sergent-chef vainqueur jusque chez les officiers. Il vit ces jeunes gradés contempler avec une ironie experte la proie si convoitée. Il put entendre les commentaires de ceux qui, tels des maquignons, jaugeaient la race et le pedigree d'un animal de haut lignage. Ils louaient le galbe du mollet, l'angle de la voussure plantaire, le délicat veinage des cuisses, la parfaite proéminence des fesses, la finesse des attaches et l'éclat d'une peau qui, entourant de larges et insolents yeux verts, triomphait sous le casque d'une chevelure soyeuse, épaisse, à peine rousse. Les officiers, masquant leur trouble sous la technicité narquoise du jargon, décidèrent que c'était un fils de grande famille, éduqué par des gouvernantes nordiques, qui l'avaient élevé en femme. Verdict : il fallait le renvoyer dans ses foyers, mais en attendant il convenait de l'affecter au mieux dans une compagnie de transmissions. Le jeune éphèbe emprunta alors le revolver d'un officier et se mit à tirer sur des cibles, comme dans un western. Il fit mouche chaque fois, ne faisant qu'ajouter à l'excitation émoustillée de ses nombreux protecteurs. Soudain, les légionnaires yougoslaves devinrent aux yeux du Maltais et d'Antoine un peu moins barbares. La nature avait mis sur leur chemin une apparition si indécise, si ambiguë et si désirable qu'ils pouvaient être justifiés de transgresser les usages. Antoine ne s'en demanda pas moins ce qu'il faisait dans ce milieu. Il n'aurait pu, lui, avoir envie ni de séduire, ni de violer, ni de se battre pour violer, ni même peut-être de se battre contre ces paras pour protéger quelqu'un du viol. Que faisait-il là? Terrorisé par le spectacle, décontenancé par le visage qu'il découvrait à la division Leclerc, intimidé par le vainqueur des légionnaires, Antoine se mit d'instinct à rechercher la protection du Maltais. Il devait vite désespérer d'y arriver jamais.

Le contact avec les autres ne fut pas plus facile. Ce n'était pas qu'ils ressemblassent aux légionnaires, ni qu'ils fussent hostiles. Mais ils avaient leur code, et leurs complicités. Antoine se surprit à n'en accuser que lui-même. Il voulait se fondre parmi des êtres dont la grossièreté le tenait à distance mais ne l'indisposait pas. Il entendait leurs jurons sans se sentir obligé de jurer lui-même. Ils allaient au bordel et ils en parlaient avec truculence. Ils buvaient, éructaient, crachaient, vociféraient, mais avec une voracité généreuse. Antoine admirait leur vitalité. Bien trop soucieux de se faire admettre, il s'abstenait de tout jugement. De temps à autre, il glissait quelques allusions à ses modestes origines. Il avançait que son père avait commencé par porter sur son dos des balles de farine de cent kilos et qu'on avait dans sa famille le respect du travail manuel. Personne n'était convaincu. «Montre tes mains», disait un agriculteur basque pour toute réponse.

On le piégeait sans pitié. «Sais-tu ce que c'est que le café du pauvre?» lui demanda un jour un jeune paysan. Antoine se ridiculisa en répondant (pourquoi répondre, puisque c'était un piège?) que cela pouvait être un ersatz de café, sans caféine, avec des pois chiches. Le groupe autour de lui s'esclaffa de manière plutôt assassine. Antoine était à jamais condamné, étiqueté, classé, exclu. Comment ignorait-il que le café du pauvre était pour eux, les gens du commun, l'expédient par lequel ils concluaient leur repas, parce qu'ils n'avaient pas précisément de café? L'expédient? C'était bien sûr faire l'amour. Antoine était décontenancé, non seulement par son ignorance, mais par son incapacité de comprendre. N'était-ce pas un plus grand luxe de faire l'amour que de boire un café? Le Maltais ne perdit rien de la scène, ainsi confirmé dans l'idée que les distances ne se comblent pas. Une autre fois, Antoine eut l'imprudence de vouloir montrer sa science à un jeune charpentier, et il fit étalage de tout ce qu'il avait appris sur l'architecture en visitant les cathédrales et les abbayes avec ses oncles. Le charpentier, nullement impressionné, lui demanda : «Dis-moi plutôt ce que veut dire un contremaître lorsqu'il dit à son ouvrier que tel assemblage doit se faire comme dans une veuve.»

«Comme dans une veuve!» Comment Antoine eût-il pu deviner que l'imbrication de deux poutres dût bénéficier de la même latitude, du même jeu dont le sexe d'un homme est censé disposer lorsqu'il pénètre dans celui d'une femme dont le veuvage indique qu'il n'est plus étroit. Voilà au moins deux expressions, «le café du pauvre» et «l'assemblage comme dans une veuve», dont Antoine se souviendrait toute sa vie. Il songeait alors à tous les efforts que ses parents avaient faits pour effacer en lui les traces de leur épopée prolétarienne. Des traces qui auraient pu faire de lui, ici, un homme comme les autres. Il s'étonna de n'être pas attiré par les officiers qui cherchaient parfois sa compagnie et qui, probablement, lui ressemblaient.

Qu'enviait-il le plus aux jeunes hommes qui l'entouraient? Peut-être la solidarité spontanée, le sens du partage, une sorte de débrouillardise conviviale, l'aisance. Cela dit, et pour se rassurer, Antoine se disait qu'ils étaient très différents les uns des autres, qu'ils ne formaient ni une tribu, ni une classe, et qu'on pouvait toujours choisir parmi eux. Celui qui, pour le meilleur, les résumait tous aux yeux d'Antoine, c'était bien sûr le Maltais. D'abord parce que son silence, en le mettant à l'abri de tout abandon et de tout écart, lui procurait une sorte de mystère altier. Ensuite, parce qu'il était décidément l'*homme total*. Il savait

tout faire, mais tout, vraiment, et Antoine
était pantois devant cet homme de silence qui
avait l'air de penser avec les mains. Abattre
un arbre, allumer un feu, sentir le temps se gâ-
ter, monter une tente en quelques minutes, et
surtout construire autour d'elle une digue mu-
rale contre la pluie, réparer un moteur, bri-
coler une boussole, remonter une radio, dépe-
cer un lapin vivant après l'avoir assommé
dans les règles, savoir ce qu'il faut dire aux parents d'un soldat blessé ou disparu; boire sans
retenue, mais sans jamais être ivre, jouer les
rebouteux, redresser un cou, une épaule, une
jambe, faire un pansement, démonter une
mine, amorcer un explosif, deviner la direction
des vents avant même que les feuilles des
arbres ne tremblent, nommer les fleurs et les
étoiles, bref, l'essentiel, c'est-à-dire tout, ou
presque tout ce que ne saurait jamais faire
Antoine. Non, Antoine ne se faisait pas vraiment admettre, mais peu à peu, pourtant, il
eut le vague sentiment que le Maltais le protégeait à sa manière, de loin, très indirectement, peut-être parce que dans son genre Antoine était aussi un homme du silence. Il
avait toujours détesté ceux qui éprouvent le

besoin de finir leurs phrases. Ceux qui *exposent*.

Pendant les jours intenses, merveilleux et fous de la libération de Paris, Antoine eut même l'illusion d'en imposer un peu au Maltais, qui voyait la capitale pour la première fois. Il lui fit visiter les quartiers dont il pensait qu'ils lui ressemblaient. Le Paris des bistrots de chauffeurs, de l'accordéon, des quais, du canal Saint-Martin, des écluses et du Marais. Mais un jour, le Maltais prétendit visiter seul... la Sorbonne. Il voulait intriguer Antoine. En fait, il avait l'adresse d'un bar tenu par des Maltais au Quartier latin. Un bar à putes, pensa Antoine, triste de n'avoir pas été jugé digne d'une aventure qui eût été pour lui une nouvelle initiation.

Entre Paris et Strasbourg, les rapports entre les deux hommes finirent cependant par se décrisper. D'abord, Antoine fut légèrement blessé à la hanche par un éclat de mine et il n'en fit pas une histoire. Ensuite et surtout, il réussit à surmonter les tremblements convulsifs que suscitait, malgré lui, indépendamment de sa peur, le fracas des bombes. Il devint plus autonome; le Maltais, moins replié, moins sur la défensive. Certes Antoine avait été surpris et affligé de la réaction du Maltais cette nuit où le secrétaire du capitaine était venu le réveiller. Mais il savait bien qu'en refusant d'aller à Cherchell, d'une certaine façon il avait pénétré dans l'univers de silence du Maltais. Il eut même l'impression de le désarmer en lui disant : «Sais-tu pourquoi j'ai refusé Cherchell? J'avais froid et j'avais envie de baiser.» Le Maltais daigna sourire.

Effectivement, une semaine après qu'Antoine eut refusé de quitter la Division, il fut choisi comme second de mission par le Maltais. Il s'agissait de porter du ravitaillement, des couvertures et des armes à un ancien maquis de la Résistance, en passe d'être transformé en l'une des compagnies de la fameuse «brigade Alsace-Lorraine» (l'armée de Lattre), à une soixantaine de kilomètres de Kronenbourg. Les quelque dix soldats qui accompagnaient le Maltais et Antoine découvrirent avec effroi des résistants en loques, car ils n'avaient pas encore perçu leurs uniformes. Transis, avec des chiffons dans les godillots et des capotes rapiécées, ils piétinaient autour de feux improvisés. Certains étaient malades, toussaient et crachaient. D'autres portaient la trace de récentes blessures. Ils avaient pourtant un moral de libérateurs, de soldats de l'an II, en marge des disciplines et des rites des armées. On commença à débarquer les vivres. Ils demandèrent d'abord de l'alcool et des trousses de médicaments. Ils appelaient les Allemands des nazis, alors que les soldats de Leclerc les appelaient des *chleuhs*, ou des *boches*, comme leurs aînés de 1914. Ils ne disaient pas seulement, eux, qu'ils voulaient libérer la France, mais qu'ils voulaient en finir avec les nazis, Pétain et les collaborateurs. Ils avaient le moral des rescapés de la guerre d'Espagne et des résistants qui avaient rejoint la Division à Paris.

Pour la première fois, Antoine observa sur le visage du sergent-chef maltais des signes d'émotion. Le Maltais respirait à pleins poumons dans cet univers de miséreux, d'éclopés et de clochards de la guerre. Il voulut tout donner aux maquisards. Tout, y compris les rations de survie de son groupe. Antoine et les autres se sentirent gagnés par cet élan sacrificiel. Depuis l'arrivée dans ce camp de boue et de drame, ils étaient gênés : leur guerre était peut-être aussi meurtrière, mais elle était tellement plus facile, plus propre. Au point qu'ils eurent l'impression d'être les mercenaires d'une légion prétorienne face à la nation en armes. L'un des maquisards vint serrer les mains d'Antoine : «Vous êtes des gars de Leclerc, quelle chance! Nous, nous ne sommes dans le bain que depuis quelques mois.»

Antoine eut le sentiment d'une usurpation. Peut-être les choses avaient-elles été trop faciles pour lui jusque-là. Peut-être son invulnérabilité lui apparut-elle trop insolente. Il contemplait ces gamins qui avaient réussi à émouvoir le Maltais et qui le bouleversaient, lui, maintenant. Comment expliquer que ce que n'avaient pu faire le spectacle des amis qui tombent au combat, le fracas des obus, les cris des blessés, l'affreuse peur des mines — quelques groupes d'adolescents fragiles et haillonneux pussent le provoquer? Antoine croyait, avait appris que l'heure de vérité, pour lui, c'était quand on a peur. Cela pouvait donc être aussi quand on avait honte? Mais honte de quoi? Antoine savait qu'il n'aurait pas pu être résistant : il eût parlé sous la torture, il n'eût même pas eu le courage d'avaler la pilule de cyanure. Mais doit-on avoir honte de ce qu'on redoute n'être pas capable de faire, alors qu'on fait quelque chose? Tout de même il risquait la mort lui aussi, et chaque jour. Antoine était révolté contre l'assaut de scrupules qu'il ne pouvait contrôler.

Le Maltais vint près de lui comme s'il devinait ses pensées, avec un regard qu'Antoine connaissait bien. C'est ainsi qu'un paysan kabyle fait un signe de paix à un inconnu, en le croisant dans la montagne, au tournant d'une côte, au moment où le brouillard se lève. Le Maltais dit qu'il était temps de partir. Ils quittèrent les maquisards avec un engagement : celui de revenir pour leur apporter des bazookas. Les gosses étaient fixés sur ces armes antichars, parce que les blindés nazis avaient tout rasé devant eux. Le voyage du retour se fit en silence. Le Maltais et tous les autres eurent le sentiment d'avoir vécu un moment important de leur vie. Antoine se demanda, lui, si ce moment ne ressemblait pas à ce qu'on appelle, dans les apologues, le destin. Arrivé au campement, le Maltais fit devant Antoine un compte rendu de mission à trois

officiers. Compte rendu sobre, factuel, dé-
pourvu de commentaires et d'émotion. Antoine se dit que le Maltais voulait garder pour
lui, comme un secret intime, sa nouvelle
complicité avec les maquisards. Un des officiers eut la même impression. Il entraîna Antoine hors de la vue du Maltais pour lui
demander ce qui avait bien pu se passer dans
cet ancien maquis, qui paraissait si mystérieux. Antoine affecta de ne pas comprendre
la question.

Si énigmatique que fût demeuré le Maltais,
Antoine eut l'illusion de commencer à le
connaître, lorsqu'un fait nouveau changea
leurs rapports d'une manière que rien ne laissait prévoir. Après la grande offensive allemande, la compagnie fit mouvement de
Kronenbourg vers Obernai. Les combats de
chars et de half-tracks avaient été effroyables et le bataillon avait de plus en plus
décroché. Une fois parvenus sur les lignes de
repli, autour de Phalsbourg, les hommes trou-
vèrent un froid encore plus vif. Le vent usait

le ciel comme un acide décolorant et le rendait d'une transparence fantomatique. A l'humiliation du reflux des armées s'ajouta l'oblique déchaînement de cette bise. Les réactions des soldats habitués aux victoires étaient inattendues, comme s'ils étaient pris de court par une saison inconnue. On se rapprocha des lieux d'hébergement, sans attendre l'ordre d'aucun officier. Chacun était frappé sur place. L'événement fut que le Maltais se révéla plus atteint que les autres. Pendant le trajet, il ne descendit plus de sa jeep pour recommander aux chauffeurs des half-tracks d'observer les distances. Aux arrêts, il n'éteignit pas son moteur. Il ne se porta pas volontaire pour se rendre avec un détachement précurseur reconnaître les lieux du prochain bivouac. Lors d'une halte, Antoine passa devant son véhicule et il vit que le Maltais était figé, le regard fixe et les lèvres bleues. Il fit un signe auquel le Maltais ne répondit pas. Il entra dans la jeep, s'installa près de lui et lui prit les mains. Elles étaient glacées. Le Maltais ne disait pas un mot. Comme d'habitude. Mais là, il était roide et il se laissait faire. Antoine posa sa main sur un front glacé. Le Maltais ne bougeait pas.

N'était la vapeur qu'il exhalait en respirant, on l'eût cru mort. Avant d'arriver au bourg, sur une colline peinte comme un jeu d'enfant, Antoine aperçut par la fenêtre d'une maison cossue un immense feu de cheminée. Il demanda au chauffeur annamite de se diriger vers la maison. Une fois sur place, il découvrit un couple de vieillards, dont on pouvait se demander comment ils ne brûlaient pas tant ils étaient proches du feu. Ils étaient rougeauds, écarlates, congestionnés, sans qu'on pût distinguer si le schnaps, dont une bouteille reposait par terre entre leurs deux fauteuils, y fût pour quelque chose. Antoine obtint la permission d'installer le Maltais sur une chaise, presque dans la cheminée. Il le déchaussa, lui frictionna les pieds et les présenta aux flammes. Il le dévêtit et installa sur ses épaules une grosse écharpe de laine. Il lui fit boire un verre de schnaps, puis deux, puis trois, puis une demi-bouteille avec les encouragements des petits vieux qui saluaient chaque rasade. Le vieil homme apporta à Antoine un gant de crin et de l'alcool camphré, et Antoine se mit à brosser le dos du Maltais avec vigueur. Pendant ce massage, Antoine

sentit naître sous ses mains un commencement de fraternité. Le Maltais continuait
de se taire mais il revenait à la vie. Soudain,
il sortit de son silence et il dit à Antoine : « Tu
sais que j'aurais crevé sans dire un mot. »

D'une certaine façon, Antoine fut content
que le Maltais parût ainsi reprendre l'initiative
dans leurs rapports. D'avoir vu son aîné si désarmé devant le froid avait rendu Antoine plus
responsable mais moins admiratif. Il osa demander : « Tu es tout de même d'accord qu'il
faut bien utiliser des mots pour se
comprendre ?

— Non ! »

Le Maltais se détourna d'Antoine et
s'adressa aux petits vieux. Il leur demanda où
l'on était exactement, parce que son père
adoptif, pensait-il, était mort près d'ici,
pendant la Première Guerre mondiale. Il
continua : « Moi aussi je pourrais crever ici,
comme cet homme qui n'était même pas mon
père. » Avec une nouvelle et nette impatience,
Antoine lui dit alors que ce n'était pas impossible, mais que c'était le sort de chacun. Pourquoi lui, le Maltais, mourrait-il plutôt qu'un
autre ? Merde à la fin, merde.

«Eh bien, je vais te répondre», dit le Maltais en se prenant la tête dans les mains et en posant les coudes sur ses genoux. Ainsi accroupi, il avait l'air de parler à son ventre, à son âme, à ce que l'on appelle curieusement le *for intérieur*. «Pourquoi est-ce que je mourrais, moi, plutôt qu'un autre? Plutôt que toi, par exemple? Parce que c'est comme ça. Parce qu'il y a ceux qui s'en sortent et les autres. Parce que j'ai eu froid. Parce que je ne suis rien. Parce que je viens de l'Assistance et que je terminerai dans une fosse commune. Parce que les gens comme moi, personne ne les attend, ils ne comptent pour personne.» Soudain, comme s'il récitait, il se mit à dire sentencieusement : «Parce que entre le rien qui a précédé ma naissance et le rien qui va suivre ma mort, il n'y a rien : un rien entre deux riens. Les autres sont quelque chose entre deux riens. Alors ils s'agitent. Tu me diras qu'il n'y a pas une grande différence entre leur quelque chose et mon rien. Ce n'est pas vrai.» Antoine fut décontenancé. Soudain, il vit le Maltais autrement. Il trouva que cet homme d'ordinaire si sobre et si économe, soudain, en faisait trop. Ce taciturne pourrait-il être un peu complaisant? Et même cabotin? Il parle comme un prolo-intello dans un dialogue de Prévert, se dit Antoine, qui oublia que son héros avait tout de même ingurgité une certaine dose de schnaps.

Mais, au bout d'un moment, le Maltais dit encore, en regardant cette fois Antoine dans les yeux : «Cette petite congestion que j'ai eue dans la voiture, c'est un signe. C'est un avertissement.»

Antoine et le Maltais se dévisagèrent en silence pendant un long moment. Puis le Maltais reprit : «Tu vas m'aider à faire quelque chose. Les petits maquisards de l'armée de Lattre. Il faut que j'aille les revoir. J'ai vu sur la carte. Ils ne sont pas très loin. Entre eux et nous, il y a une zone incertaine mais je crois que les chleuhs ont foutu le camp ailleurs. Ces petits ont besoin de moi.

— Tout le monde a besoin de toi ici.

— Personne n'a plus besoin de moi. Ni ici, ni ailleurs. Avant, peut-être.

— Avant quoi?

— Quand nous étions à Paris, j'ai cru que je pouvais être utile à quelqu'un.

— Quelqu'un?

— Laisse tomber. Donc j'irai d'abord seul chez les maquisards, et puis je te dirai, si tu y tiens, comment on peut faire ensemble un autre aller et retour sans en parler aux officiers.

— Tu irais comment ?

— En jeep.

— Pas sérieux : prends un half-track avec la mitrailleuse 50 et je viens avec toi pour la servir.

— On fera ça après que j'aurai reconnu les lieux.

— Quand ?

— Dès que je ne craindrai plus ce putain de froid.

— Alors on en a pour quelque temps avant de revoir tes petits gars.»

Le Maltais entreprit de faire plusieurs corvées de bois. Chaque fois, il revenait avec d'énormes bûches comme pour prouver qu'il ne fallait pas trop s'attarder sur le malaise qui l'avait paralysé. Après la dernière corvée, en rangeant les bûches dans la grande cheminée, il dit à Antoine d'une voix basse, sans le regarder : «Tu aurais pu être mon ami.

— Si quoi ?

— Si rien. »

A partir de ce moment, Antoine eut la certitude que le Maltais partirait vers les maquisards. Et qu'il n'en reviendrait pas. Pourtant, il l'aida de son mieux. Il organisa avec lui son expédition. Le Maltais partit avec une jeep et une remorque remplies de rations K, de vivres, d'habits, d'équipements, d'explosifs, de carabines, de jerricans d'essence et surtout de quatre bazookas. Tout était volé. Aucune autorisation n'avait été demandée. Jamais auparavant le Maltais n'avait commis la moindre infraction au règlement : il commettait sans sourciller l'une des plus graves. En fait, il était tout à la pensée de porter ses larcins aux maquisards. Il se mit en route.

Il neigeait. Il faisait moins froid. La visibilité était limitée. L'allure fut lente. Mais le Maltais avait bien étudié son itinéraire, et le voyage se déroulait sans encombre. Il pensa à Antoine, aux journées de Paris, au coup de fouet de la froidure à Obernai. L'essuie-glace rythmait ses pensées, qui maintenant naviguaient entre le désert tunisien de son enfance et la mer de ses rêves : la mer autour d'une île, Malte, qu'il n'avait jamais connue. Quand enfin le campement des maquisards fut en vue, le Maltais arrêta sa voiture, en sortit pour hurler : «Leclerc! Leclerc!» Des sentinelles tirèrent aussitôt en l'air pour le saluer. Tous les maquisards accoururent et se jetèrent sur la jeep.

Il y eut alors une bien belle fête autour du Maltais. Les adolescents buvaient, chantaient, dansaient. L'un récitait des poèmes populaires de sa région, un autre chantait des ballades érotiques, un jeune Parisien imitait les acteurs Carette, Larquey, Aimos. On entendit, venant d'un groupe, le pathétique chant juif du Kol Nidré, tandis qu'un aumônier ivre adressait au ciel une prière baroque. Une joie étrange irradiait cette Cour des Miracles, qui tenait du bal à l'Opéra de Quat'sous et d'une surréalité franciscaine. Chacun voulut embrasser le bienfaiteur. Le Maltais était heureux et ne songeait plus à se dégager. Pour la première fois, il lui sembla qu'il croyait à quelque chose. Peut-être même souhaita-t-il vivre. Il regarda le ciel avec gratitude. Les étoiles le remplissaient de manière enveloppante comme dans le désert, lorsqu'on a l'impression qu'on pourrait les retrouver sous les pieds, sous la pellicule

d'une mince croûte terrestre. La fête se termina. Il s'endormit dans un coin. Il rêva qu'il
était à la tête d'une grande famille, avec des
enfants, des petits-enfants, des arrière-petits-
enfants et que tous, en chaîne, comme en fa-
randole, s'échappaient nus de son ventre. Au
fur et à mesure qu'ils sortaient, lui fils sans
père, devenu père de tous, d'un geste magique,
les habillait l'un après l'autre.

Il se réveilla en sursaut pour prendre la
route et s'en revenir vers la compagnie. Il flottait comme en apesanteur, à la fois comblé et
égaré. Il se surprit à chantonner les refrains
des maquisards. Il fut rempli de tendresse à la
pensée qu'il reviendrait avec Antoine. Il cir-
culait vite, trop vite, tous feux éteints, sûr de
son instinct, pressé d'arriver et de retrouver
celui qu'il acceptait enfin de considérer comme
son ami. Soudain, il aperçut devant lui la lumière d'une torche et, dans la pénombre
environnante, des hommes en armes, des uniformes allemands. Il avait pris une route plus
directe qu'à l'aller. Plus directe et moins sûre,
il le savait. Il avait péché par excès de
confiance en sa nouvelle étoile. Il trouva dans
l'ordre des choses d'en être puni. Il fut inter-

cepté par les Allemands sans violence. En fait, il aurait très bien pu se rendre. Il fit mine de le faire. Il prit le temps de ralentir très progressivement, de s'arrêter puis de sortir de son véhicule, de lever les bras, puis au moment où les Allemands voulaient se saisir de lui, il tira sur eux avec calme. Sans haine, sans désespoir. Il était serein. Il se souvint qu'un avertissement lui avait été donné quand le froid l'avait terrassé à Obernai. Il tomba presque aussitôt, fauché sous les balles des pistolets-mitrailleurs. Lorsque les Allemands vinrent le voir à terre pour vérifier qu'il était mort, il souriait aux anges.

Après la mort du Maltais, Antoine n'eut plus aucun problème parmi les soldats et les sous-officiers. Il avait reçu un peu de la grâce du disparu et on l'en respectait. On le crut plus armé et plus autonome. Il comprit qu'il devait être à la hauteur du nouveau regard que l'on posait sur lui. Il comprit surtout qu'il devait continuer la guerre sans le Maltais et il commença à être poursuivi par une obsession : il

eut peur d'avoir peur. Un jour, il avait demandé au Maltais ce qui pouvait triompher de
la peur quand elle se mettait à broyer le
ventre et à paralyser les membres. Il s'était entendu répondre : « Rien. Il n'y a rien, sauf
peut-être le sommeil. Quand on est resté trois
jours sans dormir, on n'a plus peur, on dort. »
Lui, Antoine, savait qu'une chose l'avait aidé
à diminuer sa peur : c'était de la dissimuler au
Maltais.

Antoine réussit à éviter le conseil de guerre,
alors qu'il avait été accusé de complicité de vol
d'armes. Après ses récits et les confirmations
recueillies plus tard auprès des maquisards, le
capitaine qui avait fait porter le Maltais déser-
teur finit par le faire citer à l'ordre de la division. L'usage voulait qu'on lût la citation au
rassemblement. Le capitaine proposa à Antoine de le faire. Emu qu'on soulignât ainsi ses
liens d'amitié avec le Maltais, Antoine refusa
néanmoins. Le Maltais disait : *parler, c'est
dégueuler*. Toujours ? — Toujours.

La confession d'Antoine

Ce récit que je viens de faire à la place d'Antoine, je l'ai recueilli après la guerre, un jour de septembre 1945 où je me promenais avec un enchantement de provincial au jardin des Plantes. C'est là que j'ai rencontré mon ami Antoine, comme moi démobilisé, et comme moi point encore réadapté à la vie civile. Nous en vînmes rapidement à tenter de traduire ce que nous avions retiré de l'expérience de la guerre. Pour lui, on l'a vu, ce que lui avait légué le Maltais venait en tête des enseignements qu'il jugeait positifs. Mais l'histoire fut loin de se terminer avec la mort de son ami. Je sentais qu'Antoine avait bien d'autres choses à me dire, mais je ne les ai apprises qu'un an plus tard.

Par deux fois, j'ai cru apercevoir Antoine : un après-midi, à l'Olympia, qui était alors un cinéma, où l'on projetait *les Enfants du paradis*. J'étais assis par terre entre les travées combles et j'étais entouré d'étudiants qui s'efforçaient de noter dans l'obscurité des répliques qu'ils venaient réentendre. Une autre fois, au théâtre Hébertot. Gérard Philipe interprétait la première pièce de Camus. Au moment où, parlant de Caligula, Scipion disait : «Je ne suis pas avec lui, mais je ne puis être contre lui. Une même flamme nous brûle le cœur», il me sembla sentir derrière moi la présence d'Antoine. Chaque fois, je l'ai vainement attendu à la sortie. Ce film et cette pièce, nous qui sortions de la guerre, il nous semblait que nous les «recevions» d'une autre manière que les autres spectateurs. Notre enthousiasme était au moins aussi fervent que celui des autres. Mais nous y découvrions des traces de toute une vie de création, celle qui s'était déroulée sous l'Occupation, une vie que nous n'avions pas vécue et qui nous parvenait comme d'une autre planète.

Puis, le hasard fit que je me rendis un jour à la Sorbonne, dans la pièce réservée aux «groupes de philosophie», alors présidés par François Chatelet. Le dernier sujet de discussion concernait un petit livre de Sartre, où l'auteur, frappant de déception tous ses admirateurs, annonçait à l'univers que *l'existentialisme était un humanisme*. Fallait-il se

soumettre au diktat du maître? Ne pouvait-
on prétendre savoir mieux que lui le sens de
son message, conserver à l'angoisse son essence
et au désespoir sa vocation? Le débat était
passionné. Un jeune homme se leva, long,
mince, la chevelure abondante, la mèche en
bataille, le regard creusé et pathétique. C'était
mon Antoine qui défendait l'humanisme avec
des allusions, que seul je pouvais comprendre,
au scandale qu'il y avait à se vautrer dans la
déréliction lorsqu'on avait échappé à l'apoca-
lypse. Comme il avait changé! Je l'avais
quitté plutôt fort, sinon épais; aux cheveux
courts, sinon ras; plus influencé par Louis
Guilloux que par André Malraux. A la fin des
échanges, je lui signalai ma présence, m'éton-
nai que nous ne nous soyons pas rencontrés
depuis si longtemps et l'invitai à prolonger la
soirée en ma compagnie. Nous sommes allés à
la Rhumerie martiniquaise boulevard Saint-
Germain, nous avons d'abord été distraits
par ceux qui étaient déjà des personnalités à
nos yeux et qui étaient attablés, Raymond
Queneau et Boris Vian. Un enregistrement
d'une rengaine interprétée par Claude Luter et
Sidney Bechet se faisait entendre en sourdine.

Au bout d'un moment, je lui fis observer qu'il y avait loin entre son idole de la guerre et celle du moment, entre le Maltais et Sartre. Antoine fut apparemment ravi que j'exhume cette histoire du Maltais. Il me dit qu'il lui était resté fidèle et plus encore que je ne pouvais le penser. Il me dit surtout que puisque je lui semblais si intéressé, il allait me raconter ce qu'il n'avait pu faire auparavant, parce qu'il menait alors, selon lui, une vie «quasi clandestine».

Soudain, plus rien n'a existé pour moi ce soir-là que le récit d'Antoine. J'appris que le Maltais lui avait laissé une lettre avant de partir voir les maquisards. Une lettre et une certaine somme d'argent. Dans la lettre, le Maltais lui disait que pendant les journées fiévreuses de la libération de Paris, il avait sauvé des mains de faux résistants une toute jeune fille déjà tondue et qu'on s'apprêtait à torturer. Il avait fini par vivre avec elle. Il était revenu plusieurs fois la revoir au cours de permissions. C'était selon lui une *pauvre petite paumée*, comme lui enfant de l'Assistance et qui à dix-huit ans ne pouvait s'en sortir que grâce à un miracle. C'était le seul être en ce monde à qui il voulait laisser ce qui lui restait : un pécule confortable. En possession de cette somme, Antoine n'avait jamais voulu mettre personne dans le secret après la mort du Maltais. A la fin de la guerre, il avait décidé de remplir la mission qui lui avait été confiée. Voici le récit qu'Antoine me fit à la Rhumerie martiniquaise, un soir d'avril 1948, et que je préfère transcrire directement à la première personne.

L'adresse que j'avais était claire, me dit Antoine. *Mlle Yvonne Le Gatec, aux bons soins du bar Champo, rue Champollion, Paris V^e*. Je suis allé dans ce bar, situé au-dessus du cinéma qui fait l'angle de la rue Champollion et de la rue des Ecoles. Tu sais que ce cinéma d'art et d'essai s'appelle lui aussi le Champo. Il était plus de six heures de l'après-midi. Le bar était fermé. Les voisins me dirent qu'il n'y avait en général personne avant vingt-deux heures. La façade me parut délabrée et l'entrée plutôt incertaine. Je revins donc le soir, dès vingt-deux heures, et je découvris une sorte de cabaret sordide, mal éclairé, d'aspect poussiéreux et où les relents d'alcool de mauvaise qualité révélaient une aération négligée. Il n'y avait personne au bar, sauf une femme de ménage, belle, farouche, dépoitraillée, qui rappelait *Rosa la Rouge*, le tableau de Toulouse-Lautrec, et qui, entre deux vins, rangeait sans conviction des chaises et des verres. Elle me dit de revenir vers minuit, qu'il y aurait alors plus d'animation. Et comme elle prit l'intérêt que je lui portais pour de la perplexité, elle me conseilla, si je ne savais vraiment pas où aller, le film que l'on projetait au cinéma d'à côté et dont des clients lui avaient dit qu'il était drôle. J'ai suivi son conseil et m'en suis bien trouvé. C'était un film de Sacha Guitry, dont le début surtout était irrésistible : un enfant, benjamin d'une grande famille, est puni parce qu'il a volé. Sa punition consiste à regarder tous les autres manger autour de la table les champignons qu'il aime et dont il est privé. Ces champignons sont vénéneux : tous meurent sauf lui. Survivant et un peu égaré de voir sa faute ainsi récompensée, l'enfant se demande s'il lui faut méditer sur l'hécatombe. Puis il déclare : «Dans l'impossibilité de les pleurer tous, je décidai de n'en pleurer aucun.»

Je te rappelle l'intrigue de ce film *(le Roman d'un tricheur)*, parce qu'il m'a semblé correspondre à ce mélange d'absurdité et de cynisme qui a survécu à la Libération, et que nous avons pu observer, toi et moi, au sortir de la guerre. Nous imaginions alors qu'il avait dominé l'état d'esprit de ceux des Français qui, selon nous, se contentaient de vivre tandis que nous nous battions. Je me disais, en voyant le film, que chacun de ceux-là avait triché et que chacun aurait pu raconter son roman. Il était maintenant assez tard et je me rendis au Champo. Il y avait enfin du monde et du bruit. Je fus accueilli ou cueilli par une horrible bonne femme, qui me demanda de lui offrir un verre. Je lui dis que j'avais un pli à remettre à une Mlle Le Gatec, Yvonne Le Gatec. Ce nom ne lui dit rien. Elle demanda autour d'elle si quelqu'un la connaissait. Aucune réponse. Elle répéta la question bien plus fort pour dominer la musique et les conversations. Et c'est alors qu'on entendit une voix s'imposer, autoritaire et bien timbrée, qui demanda : «Qui réclame Yvonne Le Gatec?» Je

n'ai pas vu sur le moment la personne qui parlait. Peu à peu, dans la pénombre, au travers
de la fumée des cigarettes et de la poussière
qui flottait dans la lumière des lampes bla-
fardes, j'aperçus une grande femme qui me fit
penser à l'actrice Françoise Rosay. En fait,
elle devait se révéler plus attentive et moins
masculine que les personnages incarnés à
l'écran par la célèbre actrice. Elle demanda
qu'on me conduisît à elle et elle me fit asseoir à
sa table. «Qu'est-ce que tu lui veux, à Yvonne
Le Gatec?» me dit-elle avec méfiance, avec
autorité, avec un rien de gouaille aussi. Je lui
dis que je venais de la part d'un de ses amis.
Elle interrogea aussitôt : le Maltais? J'ai ac-
quiescé. Elle m'a alors demandé pourquoi il
n'était pas venu lui-même. Je me suis entendu
dire : «Il est mort, madame.» Elle m'a regardé
en silence, sans manifester ni émotion ni surprise. Puis elle s'est levée brusquement,
comme si on l'appelait, comme si elle avait
entendu un bruit insolite. Seules sa démarche
et peut-être une voussure un peu appuyée
pouvaient laisser penser qu'elle n'avait pas été
indifférente à ma révélation. On m'a apporté à
boire et le garçon de service m'a prié de patien-

ter : «Madame Angèle» allait revenir. J'étais
mal à l'aise, la fumée m'incommodait, les odeurs
étaient fortes, des odeurs intolérables de trans-
piration que je ne sais jamais supporter. Seule
la vive impression que m'avait faite cette
dame me retenait. J'étais curieux d'elle, impatient qu'elle revînt, mais bien décidé tout de
même à partir si elle tardait. Elle m'arrêta au
moment où je me dirigeais vers la porte. Nous
nous sommes réinstallés à une autre table et
elle m'a fait alors raconter lentement la mort
du Maltais en me posant des questions pré-
cises, sensibles, attentives, comme si elle comprenait beaucoup mieux que moi l'épisode du
froid, ce moment nouveau dans la vie du Maltais où il avait été paralysé. Elle m'a fait répéter tous ses propos et elle avait l'air de n'en
trouver aucun artificiel. «Personne ne nous
attend» : elle répétait après moi les mots
importants, les mots qu'elle jugeait importants. Elle paraissait retrouver le Maltais
tel qu'elle l'avait connu ou deviné. Elle a
conclu que c'était une belle fin; qu'il avait bien
fait de mourir ainsi : «Il a d'autant mieux fait
qu'il ne pouvait même plus être utile à
Yvonne. Elle est morte, elle aussi.»

Comment Yvonne Le Gatec était-elle morte et pourquoi personne ne la connaissait dans ce bar ? « Simplement, répondit-elle, parce que, parmi nous, elle ne s'appelait pas ainsi. Ces demoiselles ont parfois un nom de guerre », dit-elle dans une sorte de sarcasme. Le bruit fut de plus en plus fort et les danses commencèrent, souvent entre femmes. Chacun cherchait à demander quelque chose à Madame Angèle, interrompant ainsi notre entretien. Elle distribuait des ordres, répondait à des questions, mais je voyais bien qu'elle demeurait près de moi en esprit. Elle avait les cheveux courts, un long cou, un port fier, le regard direct, mais comme voilé parfois par le souvenir d'une ancienne blessure. Elle paraissait alors m'écouter et m'observer à travers l'écran correcteur d'une douleur non apaisée. Je lui trouvais de plus en plus de charme. J'espérais bien arriver à la faire parler d'elle-même et du Maltais, et d'Yvonne, et de tout. Elle finit par me dire de revenir le lendemain, un peu plus tôt, c'est-à-dire entre dix heures et onze heures, et qu'elle serait plus à l'aise pour me parler.

Je revins le lendemain. Je n'avais rien dit à

Madame Angèle de la somme que j'étais censé remettre à Yvonne Le Gatec. Je voulais connaître les conditions de sa mort et savoir si elle avait une famille, même adoptive, un être qui lui fût plus cher que d'autres. Le bar me parut ce jour-là moins repoussant, la femme qui m'avait accueilli moins horrible, les odeurs moins agressives, et toute l'assistance nettement moins sordide, comme si j'avais déjà avec ce lieu une certaine familiarité. Je me trouvais là, en somme, attentif à toutes ces femmes, comme je l'avais été parmi ces compagnons d'armes qui ne voulaient pas m'admettre. De temps à autre me parvenaient des bribes de conversation, qui me paraissaient surprenantes. Ces femmes avaient toutes leur personnalité, leur métier ne les rendait nullement identiques. Je découvris que chacune était digne d'être connue. Je n'étais même plus sûr que leur métier fût toujours celui que je leur supposais, car enfin, me disais-je, elles ne faisaient ici qu'inviter à boire ou, à la rigueur, à danser. Comme disait Madame Angèle, hors du Champo, elles n'ont aucun compte à rendre. Tout me parut plus compliqué, plus riche, plus attachant. Je m'accro-

chais à toutes les raisons de me sentir à l'aise
dans ce milieu. J'attendis Madame Angèle à sa
table et certaines jeunes femmes s'em-
ployèrent à me tenir compagnie, de manière
naturelle, sans vulgarité, avec, me sembla-t-il,
un intérêt un peu protecteur. Peut-être parce
que malgré la guerre, je le sais, je faisais alors
plus jeune que mon âge. Et puis Madame Angèle est arrivée, plus sobrement maquillée que
la veille, plus nette, plus déterminée. Elle a ouvert son sac, elle a tiré une photo et elle m'a
dit : voici à quoi ressemblait ton Yvonne.
Cette photo était celle d'une enfant. D'une
vraie enfant avec le regard, la moue, le sourire,
les fossettes. D'une belle, très belle enfant. Je
demandai à Madame Angèle comment cette
enfant était morte. «C'est plutôt simple,
répondit-elle. Le Maltais l'a sauvée des mains
de petits voyous. Mais avant que lui ne la
sauve, les autres l'avaient humiliée, souillée et,
comme nous disons ici, cassée. Si jeune, elle a
été cassée pour la vie. Elle n'a plus pensé alors
qu'au suicide. Sans doute, ensuite, elle s'est
attachée au Maltais comme à un sauveur. Le
Maltais était merveilleux. Il a tout réparé
dans sa chambre. Il résolvait tous ses pro-

blèmes. Et puis un jour, il a été en proie à une crise de désespoir. Il est parti avant la fin de sa permission. Il a prévenu qu'il détestait qu'on lui écrive. Il est venu me voir. Il m'a confié Yvonne. Il ne m'a donné aucune explication. Malgré cela, Yvonne n'a pas cessé de lui écrire, mais chaque fois ses lettres lui revenaient. J'en ai gardé quelques-unes. Je voulais les montrer au Maltais quand il réapparaissait de temps à autre. Je n'ai jamais compris pourquoi il refusait. En tout cas, un jour, il a dit qu'il ne fallait plus compter sur lui et on ne l'a plus revu. Elle était avec nous. A ma manière, je la protégeais. Elle a habité chez moi. Ensemble, nous ne parlions jamais du Maltais. Nous lui étions presque autant attachées l'une que l'autre. Un jour, je suis rentrée et je l'ai trouvée morte sur mon lit. Les voyous étaient revenus.»

Je pris alors congé de Madame Angèle, continua Antoine. Pendant une semaine, je me demandai ce qu'il fallait faire de l'argent du Maltais. Madame Angèle, j'ai oublié de le mentionner, m'avait dit qu'Yvonne Le Gatec était seule au monde. Elle ne lui avait connu que des amants de passage, un grand amour peut-être, mais aucune famille. Je ne sais ce qui l'a emporté dans mon désir de revenir au Champo, du scrupule de garder cet argent ou du besoin de revoir Madame Angèle et ses amies. Il faut dire aussi que lorsque nous sommes revenus de l'armée, je me suis retrouvé seul, et parfois cruellement. Je pressentais que je trouverais au Champo un accueil à la fois secret et réconfortant. Je revins donc. Madame Angèle s'était absentée pendant une semaine, et je fis semblant de l'ignorer, affectant tous les soirs de m'en étonner. On me donna un vin un peu moins frelaté que le whisky des autres, j'avais ma table, j'eus ma compagne. Elle s'appelait Blanche. Elle avait la taille bien prise. Elle dansait agréablement. Elle ne me demandait rien. J'avais encore ma solde de démobilisation. Je lui offrais quelques verres. Quand j'avais bu, je leur racontais un peu ma vie à toutes. Pas ma guerre, ma «vie». Donc, souvent, j'inventais. Je savais que ce ne devait pas être mon univers, selon les critères moraux qu'on m'avait inculqués, et d'ailleurs je ne donnais mon adresse à aucune des filles. Cela ne faisait qu'ajouter à mon plaisir.

Quand Madame Angèle revint, elle décou-

vrit que j'avais déjà chez elle mes habitudes et
que j'avais été adopté par toutes ses protégées.
Chérubin, gigolo, mascotte, enfant adoptif, je
suppose que je leur étais tout cela à la fois.
Madame Angèle me traitait en très jeune
homme. Je l'acceptais. J'étais respectueux.
Elle me tutoyait, moi jamais. Je lui donnais toujours du «Madame». Un soir cependant, je ne sais quelle démangeaison d'affir-
mation m'a conduit à lui rappeler que je sor-
tais de la guerre et qu'en réalité elle ne
m'intimidait pas. J'étais ridicule, elle ne
m'a pas raté.

«A te voir, dit-elle en souriant, je devine de
quelle guerre tu sors. Tu as dû tirer quelques
coups de fusil, servir une mitrailleuse, tu as
peut-être eu peur, ou froid, tu as tué sans t'en
rendre compte. Ce n'est pas encore ça la réalité. Je me trompe?» Je répondis que oui, tout
de même, elle se trompait, que le premier
drame, le premier vrai baptême du feu, c'est
de voir mourir des amis et que je l'avais vécu.
Je lui racontais le désespoir de ceux qui ont
peur et les cris des blessés. Elle m'a écouté en
silence avec un très léger sourire, presque af-
fectueux. Elle était sûre d'elle, j'étais influen-

çable, elle me fit réfléchir. Peut-être, me suis-je dit, avait-elle raison dans un certain sens. Je n'ai jamais eu en face de moi un Allemand que j'aurais abattu en combat singulier, que j'aurais vu tomber, que j'aurais achevé, que j'aurais tué de mes mains. Lorsque je servais une mitrailleuse dans un blindé, je savais qu'au bout des balles, dans le lointain, il y aurait des morts, mais je n'ai jamais eu peur que du bruit. Madame Angèle parut accompagner mes pensées jusqu'à leur conclusion et elle me dit : «A Paris, pendant que vous vous battiez, nous avons tout vu, tout ce que vous avez vu, mais nous avons vu autre chose, autre chose de plus qui est la boue dans l'âme. La boue dont rien ne peut sauver. La boue dans laquelle on s'enfonce ou qui vous éclabousse. Toutes les souffrances, en somme, plus le spectacle des hommes qui dénoncent d'autres hommes. »

Je lui dis que d'une certaine manière elle me faisait penser au Maltais. Elle devina que dans mon esprit c'était un compliment. Elle s'est levée pour accueillir des Américains et un journaliste célèbre, paraît-il. Avant de me quitter, elle a dit : mon petit Antoine, lorsque tu m'as parlé la dernière fois, au lieu de m'appeler Madame Angèle, tu m'as appelée Madame. Cela m'a touchée. Maintenant, si cela doit te donner le sentiment d'être un homme, tu peux m'appeler Angèle. Je me suis entendu dire : «Non Madame.» Elle me révéla que le Maltais lui avait parlé de moi. Et devant mon intérêt, elle me demanda si je voulais savoir ce que le Maltais disait de moi.

«Evidemment, cela m'intéresse.

— Il disait que tu passais ton temps à te débattre pour être un homme.»

Je dis à Madame Angèle que je ne comprenais pas. En caressant ses longs bras, elle me répondit : «Moi je comprends, et d'ailleurs toi aussi.»

J'avais confiance en elle, mais tout de même je ne lui avais pas encore raconté mon histoire d'argent. Cela pour des raisons qui m'échappent aujourd'hui, mais qui ne sont peut-être pas étrangères au fait que j'avais l'impression qu'elle ne m'avait pas tout dit sur le Maltais. Ni sur le Maltais, ni sur Yvonne Le Gatec. Je suis tombé malade. Une sale grippe comme nous en avons tous eu. A cette époque, à Paris, on avait froid et on ne mangeait pas à sa faim. En fait, nous avions été bien mieux nourris dans l'armée. Je me résolus à donner mon adresse à Blanche. Elle vint me soigner, m'apporter des médicaments, me faire des tisanes et des potages. Parfois, elle venait accompagnée d'une amie du Champo qui, par sa tenue un peu voyante, inquiétait dans mon hôtel d'étudiant trop convenable. Je confiai à Blanche mon impatience d'en savoir plus sur le Maltais. Elle répondit qu'elle ne pouvait rien pour moi, que c'était l'affaire de Madame Angèle et qu'il me fallait me débrouiller seul.

Dès ma guérison, je repris mes habitudes au Champo. Mon retour fut celui de l'enfant prodigue. On m'y accueillit avec effusion. Je m'enhardis jusqu'à déclarer à Madame Angèle que je voulais tout savoir sur le Maltais. Avec un sourire, comme si mon absence m'avait fait mériter la vérité, elle dit : «Maintenant, pourquoi pas?» En fait, il ne s'agissait pas du Maltais, mais d'Yvonne Le Gatec. D'abord, elle s'appelait peut-être Yvonne, mais certainement pas Le Gatec. C'était une enfant juive polonaise, qui avait été séparée de ses parents par un policier, lequel l'avait ainsi sau-

vée lors d'une rafle. Un policier français, comme
quoi ce qu'avait dit Madame Angèle sur la
«boue de l'âme» ne s'appliquait pas à tous.

Yvonne devait avoir quinze ans lorsque le
policier l'amena chez lui. Il semble que pendant quelques semaines tout se soit très bien
passé, jusqu'au moment où un jeune officier
allemand emménagea dans un appartement
voisin de celui du policier. Cet Allemand
n'avait pas lui-même plus de vingt ans et on
lui en donnait dix-huit. Il était aussi peu militaire qu'on pût rêver et il avait des horaires
très lâches. On devait apprendre qu'il col-
laborait à la commission allemande de censure
chargée de surveiller les publications des édi-
teurs français. Sur le palier, il arrivait souvent
que l'Allemand rencontrât Yvonne. Il était
aussi sensible que le policier à sa beauté, mais
bien moins soucieux de respecter son âge. Il
multiplia les prévenances, les attentions, bientôt les confidences. Quand il obtint un rendez-
vous d'Yvonne, il se mit en civil pour lui faire
la cour et il choisit de fleurir ses hommages de
citations de poètes français. Cet Allemand aimait Musset et Rimbaud.

Le policier français avait eu, dès les premiers jours, très peur des échanges entre Yvonne et son rival allemand. Il l'avait fait passer pour sa nièce, avait inventé pour elle une histoire compliquée. L'Allemand ne s'y était même pas intéressé. Il était amoureux, fou d'amour, content de l'être, sacrifiant tout à ses sentiments et assuré que lorsque sa passion serait partagée, Yvonne lui raconterait tout d'elle comme il lui avait raconté tout de lui. Cette certitude se justifia. Yvonne ne tarda pas à passer d'un appartement à l'autre. Le policier s'inclina devant ce coup de foudre réciproque. Il lui arriva même de leur fournir des jambons et des fromages lorsque ses cousins de province lui en apportaient. Une nuit, les tourtereaux se promenèrent au Quartier latin. Ils eurent l'idée de boire un verre au Champo.

«C'est cette nuit-là, dit Madame Angèle, que je les ai connus. C'était en mai 1944, elle portait une robe d'écolière, lui était dégingandé dans des vêtements trop courts. Ils se sont assis et je les ai aussitôt remarqués, parce qu'ils étaient beaux, et tendres, et frais, et constamment l'un près de l'autre, l'un contre l'autre, l'un tournant autour de l'autre. Ils jouaient, ils se donnaient mille baisers rapides, ils se mordaient, ils riaient, ils ne se quittaient pas des yeux, rien n'existait autour d'eux. En les observant, je me suis dit qu'ils avaient supprimé à eux deux, d'un seul coup, le Champo, la musique, la guerre, l'Occupation. Il n'y avait plus qu'eux et ils étaient les plus beaux adolescents du monde.

Au moment où ils allaient partir, il y eut dans le bar une dispute qui faillit tourner très mal entre un soldat allemand et un Français qui prétendait garder pour lui la cavalière que le soldat convoitait. Il y eut des cris et des menaces. Le Français était dans une position critique. C'est à ce moment-là que j'ai vu le compagnon d'Yvonne se lever, interpeller le soldat allemand avec autorité et dans sa langue. Il lui montra sa carte d'officier. Le soldat allemand claqua des talons, salua et sortit. Je ne suis pas certaine que ce fut du goût d'Yvonne qui n'avait probablement jamais vu son amoureux dans une attitude d'autorité et qui peut-être ne l'avait jamais entendu parler allemand. Mais, comme on peut le deviner, moi j'ai plutôt apprécié la scène et j'ai invité le jeune couple à ma table.

J'étais heureuse de toute manière de voir de près des êtres qui reflétaient un bonheur si pur et si rayonnant. En les écoutant, en leur parlant, en les voyant se frôler, se caresser, s'étreindre, je me suis dit qu'au fond ils n'avaient rien et que rien ne leur manquait. Je suis sûre que si je leur avais demandé ce qu'ils désiraient, ils auraient été simplement stupéfaits.

Tu devines la suite, cela n'a pas duré. Les deux jeunes amoureux étaient depuis un certain temps surveillés par quelques voyous, plus ou moins alliés à la Milice, et qui au fur et à mesure que les Américains avançaient, se demandaient comment ils allaient se reconvertir. Il me faut dire que le policier français qui avait sauvé Yvonne, et qui savait qui elle était, avait fait dans le quartier quelques indiscrétions, surtout lorsque Yvonne l'avait quitté pour son Allemand. Je suppose que les voyous se demandaient s'il n'y avait pas pour eux un bénéfice à tirer, à la fois des Allemands et de la Résistance. Supprimer un Allemand qui protégeait une juive, c'était déjà plaire à la Gestapo, mais en même temps, supprimer un Allemand, c'était aussi plaire aux résistants.

Je ne sais pas comment ils se sont arrangés mais les Américains et les hommes de Leclerc étaient encore à Versailles lorsque les voyous ont abattu le compagnon d'Yvonne, et qu'ils se sont emparés d'elle, en prétendant la faire "travailler" pour eux. Son amour était mort. Elle n'avait plus d'existence. Elle s'est laissé violer. Elle n'en a jamais guéri. Dès le premier jour de la Libération, ils l'ont tondue et promenée dans la rue. Le Maltais passait à ce moment-là avec une patrouille. Il est intervenu.»

Madame Angèle précisa que le Maltais n'avait guère eu d'effort à faire pour s'imposer. Il arrivait à Paris, en uniforme de libérateur, en gaulliste, en Français libre, en soldat de Leclerc, et personne n'avait envie de s'opposer aux humeurs de ces Français. Devant la fille tondue, tendre Yvonne, qui soudain ressemblait à la Jeanne d'Arc de Dreyer, le Maltais déclara qu'il ne savait pas ce qu'elle avait fait, mais que de toute manière les hommes comme lui n'avaient pas combattu pour qu'on traite ainsi les femmes, les jeunes filles. On fit cercle autour de lui. Une femme s'enhardit jusqu'à lui dire que, tout de même, certaines Fran-

çaises avaient déshonoré leur pays et plus
précisément la cause qui était celle du Maltais.
Il y a des choses qu'on ne fait pas, a simplement répondu ce dernier. Il a tendu la main à
Yvonne, qui s'est jetée dans ses bras et qui est
partie avec lui se réfugier dans un hôtel. Il
était clair que le Maltais était encore plus
amoureux d'Yvonne que le policier, et peut-
être autant que l'officier allemand, le compagnon d'Yvonne qui gisait, mort, assassiné,
quelque part.

Pour le Maltais, ce fut le commencement
d'un grand amour. Pour Yvonne, la découverte d'un refuge. Hagarde, hébétée, as-
sommée, Yvonne se laissa aimer avec gratitude. Sa douceur donna le change. Sa tendresse eut la couleur du désir. Dans sa détresse
profonde et solitaire, le seul havre de bonté et
de compréhension était le Maltais. Ils se
promenèrent au milieu des fêtes éperdues de la
Libération. Lui était amoureux. Elle était
protégée. Pour revoir Madame Angèle, ou
pour revivre les moments passés avec son
jeune Allemand, elle l'amena un soir au
Champo. «Elle, dit Madame Angèle, je la
connaissais. Je connaissais son pouvoir. Celui

de l'innocence. Lui, je le découvris. Je l'ai compris aussitôt. Il était de ma famille. J'ai deviné qu'il essayait de s'accommoder d'un sentiment qui ne lui était pas habituel : cet homme, dont toute la force reposait sur la solitude, s'était laissé avoir. Il aimait, il n'était pas aimé. Car elle ne l'aimait pas, c'était manifeste. Douce, docile, passive, mais pas amoureuse. Je l'avais vue avant, en chatte émerveillée et joueuse, elle triomphait alors. Mais là, je ne voyais plus qu'un petit animal battu, replié, reconnaissant. Je me suis rapprochée du Maltais tant que j'ai pu. J'ai fait en sorte qu'il revînt avec Yvonne, ou sans elle, tous les soirs. Quand il venait seul, il s'inquiétait d'elle. Celui qui aurait dû être pour moi un complice naturel ne s'appartenait plus.

«Le Maltais et moi sommes pourtant devenus amis. Même âge, même origine, même parcours, même façon de prendre la vie. Un jour, il est revenu à Paris en permission. Il n'arrivait pas à retrouver Yvonne. Il s'est confié. Il ne pouvait plus rien pour elle. Toutes ses nuits étaient des cauchemars. Elle rêvait à ceux qui l'avaient violée, elle appelait au secours son compagnon allemand. Ensuite, elle ne se rendormait pas : ou bien elle était prostrée, ou bien elle n'en finissait pas de se raconter. Le jeune officier allemand était entre eux. Et le Maltais n'en pouvait plus. Un jour, elle ne fut même plus en état d'accepter cette protection enveloppante, dans laquelle elle s'était pelotonnée au début, lui donnant au moins l'illusion que, sans l'aimer, elle avait un besoin éperdu de lui. Elle murmurait : " Je ne suis plus rien. Je ne suis plus faite pour personne, ni pour toi ni pour personne, je suis à Kurt, et il est parti, et s'il revenait d'entre les morts, je ne pourrais même plus être à lui, parce qu'ils m'ont tout pris. " A force d'entendre des propos comme ceux-là, le Maltais a fini par être malade d'impuissance, et un jour il est parti en disant qu'il ne reviendrait plus, qu'il ne voulait plus entendre parler d'elle, ni par lettre ni d'une autre façon, et qu'il fallait que moi, Angèle, je m'occupe d'Yvonne. Le reste, tu le sais. Elle était de plus en plus malade. Lorsque les voyous sont revenus la traquer chez moi, elle n'a rien fait pour leur échapper, elle s'est laissé battre jusqu'à la mort. »

Après ce récit, nous avons, Madame Angèle

et moi, rêvé en silence à toutes les scènes que les personnages de ce drame évoquaient. Elle faisait appel à ses souvenirs, moi à mon imagination. Mais tous les deux, nous comparions ce récit à ce que déjà ensemble nous savions du Maltais, selon ce que je lui en avais dit. Pourquoi Madame Angèle n'avait-elle pas dès la première fois raconté l'histoire d'Yvonne et de l'Allemand ? Parce que, me dit-elle, elle n'avait rien voulu modifier du souvenir que j'avais gardé de cet homme qu'elle avait fini par aimer, le Maltais. C'est vrai que le froid, entre Obernai et Phalsbourg, avait été pour lui un «avertissement», comme il me l'avait dit. Mais il restait que, selon Madame Angèle, la première fois que le Maltais avait vraiment douté de lui, c'était lorsque l'amour l'avait fait sortir d'un désespoir qui lui donnait un certain équilibre et lorsqu'il avait constaté que cet amour n'était pas partagé. Le froid d'Obernai était venu de là : il avait suivi de peu la dernière permission du Maltais à Paris.

Je devinai vaguement ce que voulait dire Madame Angèle à propos du désespoir et de l'équilibre qu'il peut procurer. Mais je voulus le lui faire préciser. Madame Angèle prit plai-

sir à m'instruire. On sentait que le sujet lui
était familier. Elle m'expliqua, avec une patience d'institutrice, que le mot *désespoir* était
souvent improprement appliqué à certains
états. On dit, selon elle, qu'un homme est
désespéré quand il ne supporte plus son malheur et qu'il a une conduite qui peut le mener
jusqu'au suicide. Or, la privation d'espérance,
elle ne le savait que trop, peut au contraire
entretenir une sérénité, une sorte de neutralité
tranquille, une insouciance du lendemain et
du jugement des autres, une absence totale de
préoccupation de ce qui peut arriver, un accueil désenchanté de tout ce qui arrive.
L'espoir, au contraire, et Madame Angèle
s'enflammait à le dire, est une chose terrible, il
est fait de tension, d'attente, d'inquiétude.
C'est lui qui provoque la fièvre et le désordre.
Et si l'espoir est déçu, il terrasse, il abat. Pourquoi l'espoir n'est-il pas le bonheur? demanda
Madame Angèle. Simplement parce qu'il
transporte dans un monde qui n'est pas encore
arrivé. Et pourquoi le désespoir n'est-il pas
forcément le malheur? Parce qu'il conduit au
monde de l'indifférence. Madame Angèle était
plutôt contente de sa philosophie, d'abord parce

qu'on voyait qu'elle cherchait depuis longtemps à la formuler, et aussi parce qu'elle se
disait qu'elle la partageait avec le Maltais.
«Lui et moi, a-t-elle conclu, nous sommes tran-
quilles lorsque nous pensons que rien n'est possible. Yvonne lui a fait croire que tout était
possible et il a perdu sa force. Il s'est perdu.»

Madame Angèle me quitta et c'est Blanche
qui vint s'asseoir à sa place. Elle me demanda
si je savais tout. Oui, j'en avais l'impression.
J'ajoutai que c'était Madame Angèle qui devait maintenant apprendre quelque chose de
moi. Et je révélai tout à Blanche de l'argent
que je détenais et qui aurait dû revenir à
Yvonne Le Gatec, selon la volonté du Maltais. Blanche me regarda avec une sorte de sévérité déçue. Elle me demanda plusieurs fois :
«Tu es sûr que tu ne veux pas le garder?» Je
répondis que ce n'était pas une question
d'honnêteté, ni de je ne sais quoi de bourgeois,
mais que pour moi c'était l'argent du Maltais.
Pendant cette guerre j'avais eu la chance de
rencontrer des êtres, de pénétrer dans une société et d'apprécier un homme : il me semblait
que je les trahirais tous si cette aventure se
terminait dans mes poches. Blanche eut l'air

de comprendre. Mais, finaude, elle ajouta : « Si ce que tu dis est vrai, pourquoi n'en as-tu pas parlé à Madame Angèle ? » Je répondis que cela ne regardait aucunement sa patronne, que c'était une affaire entre le Maltais et moi, etc. Mais je savais au fond que Blanche avait raison. Cela dit, il ne suffisait pas d'en parler à Madame Angèle. La preuve, c'est que, lorsque je lui en ai parlé, elle a été aussi embarrassée que moi.

Embarrassée mais émue. Le Maltais, encore lui, toujours lui. Une des filles est passée devant nous. Elle toussait en se raclant la gorge, sans pouvoir s'arrêter. L'idée me vint alors de proposer à Madame Angèle de mettre l'argent du Maltais à la disposition des malades. Madame Angèle me dit que je ne croyais pas si bien dire ni si bien faire. Deux des filles étaient atteintes de tuberculose et attendaient d'avoir réuni la somme nécessaire pour se rendre au sanatorium de Saint-Hilaire-du-Touvet, là où des étudiants en médecine, clients du Champo, leur avaient proposé de les soigner. Elle se redressa de toute sa taille, leva ses longs bras, et sur un ton de solennité plein d'ironie et de tendresse, elle me dit, comme si elle me décorait : «Te voilà, au nom du Maltais, bienfaiteur d'un cabaret de filles de joie.»

Elle s'est retournée vers ses protégées et, tout fort, elle a crié : «Venez, ce soir on va toutes boire en l'honneur d'Antoine, en l'honneur du Maltais. On va danser entre nous, entre nous seules. Vous allez renvoyer avec gentillesse tous vos clients. Ils auront droit à un verre demain.» Surpris et mécontents d'être congédiés sans explication, les clients sont en effet partis. Ils n'étaient pas nombreux : quelques Américains, deux ou trois étudiants ; c'étaient des habitués. On fit alors appel à un voisin cordonnier, qui est venu avec son accordéon. Il a joué *les Amants de Saint-Jean*. Les filles reprirent en chœur le refrain. Blanche révéla qu'elle avait une voix juste, un peu éraillée et qui affirmait une vraie personnalité. Madame Angèle, en ouvrant une bouteille de mousseux, a crié : «Gloire au Maltais!» L'accordéoniste joua ensuite *Lili Marleen*, puis *le Chant des partisans*. Le spectre de la tendre Yvonne rôdait sur l'assemblée. Blanche pleura. Elle m'apprit qu'elle avait bien connu Yvonne, du temps du Maltais, et dans son récit, oubliant le jeune officier allemand, elle reconstitua un couple qui n'avait jamais vraiment existé, Yvonne et le Maltais. Madame Angèle est venue me voir et m'a dit : «Antoine, regarde autour de toi. Il y a de la lumière, ce soir, au Champo.» Dans cette enceinte si sombre, il y avait en effet, autour de chacun, comme une lumière venue d'ailleurs. J'ai alors pensé à la fête qui avait été donnée en l'honneur du Maltais à la veille de sa mort, dans le campement des maquisards. Comme s'il s'était sacrifié ce jour-là. Comme si, aujourd'hui, grâce aux demoiselles du Champo, il ressuscitait.

Antoine avait terminé son récit. Sur la terrasse de la Rhumerie martiniquaise, il n'y avait presque plus personne. J'ai dit à Antoine que son récit fantastique paraissait très lointain. Il répondit : «Pas tant que cela», en me montrant une jeune fille qui venait vers nous, nette et confiante. «Je te présente Blanche», dit Antoine.

— II —

DOUBLE CRIME
A TRAMBY PARK

Avant ce jour de juin 1944, le lieutenant L. se croyait le plus heureux des
hommes. Comment dire? Il n'avait aucune
raison de douter que sa présence en ce monde
fût justifiée. Dans chaque regard porté sur lui,
il pouvait vérifier que l'on partageait la
plaisante considération qu'il avait pour lui-
même. Il avait accueilli la guerre comme une
fatalité plutôt excitante. Il aimait penser qu'il
mourrait jeune, d'une mort violente et romantique, au service d'une grande cause ou dans
les bras d'une femme d'exception. Je sais bien
qu'on est tenté de douter de la sincérité de tels
propos. Comment des êtres sur le berceau des-
quels tant de bonnes fées se sont penchées,
pourraient-ils en arriver à souhaiter la mort?
J'ai pourtant des raisons de penser que le lieutenant L. était sincère. D'abord, il voulait

81

mourir jeune, mais pas tout de suite. Ensuite, il ne disait mot de cela à quiconque et le lecteur n'en saurait rien si je n'étais là pour lui confier cette indiscrétion. Enfin, ce n'est pas la mort qui l'attirait, c'est la vieillesse qu'il refusait. Son narcissisme le détournait d'imaginer qu'il pût vieillir dans un corps exténué. Il en est qui vieillissent bien ? Sans doute, se disait-il. Mais comment admirer tout à fait ceux que l'on redouterait de voir nus ? Il se trouve que le lieutenant L. se sentait à l'aise dans ce qu'il croyait déjà être son bref mais éclatant destin.

Pourquoi ai-je cédé à la tentation d'enfermer ce jeune homme dans son grade militaire ? Jamais l'étudiant qu'il avait été ne se fût exposé à devenir soldat en temps de paix. Ce n'est pas de ce côté-là que, dans son milieu, on cherchait un état. Il était le fils unique d'un couple de professeurs qui vouaient un culte dévot à Jean Giono, faisant chaque année le pèlerinage de Manosque. Adolescent, le lieutenant L. les y avait accompagnés une fois, un peu avant la guerre. Ils avaient tous recueilli du maître des propos pacifistes qui avaient rempli les parents d'une ferveur religieuse. Lui, L., aurait pu comprendre, sinon rejoindre, cette ferveur, si Giono n'avait pas commis l'erreur ce jour-là d'utiliser une image insupportable pour un jeune homme aussi infatué de lui-même qu'amoureux des corps. Retournant le propos de la célèbre Pasionaria espagnole, qui avait dit : «Plutôt mourir debout que vivre à genoux», Giono s'était abandonné à proclamer *plutôt vivre à genoux.* L'adolescent n'avait même pas eu à s'indigner qu'on pût accepter la soumission agenouillée : il lui avait suffi d'imaginer une nation cul-de-jatte pour sursauter d'horreur. Lui qui dans ses escapades maritimes cherchait toujours le rocher le plus haut, d'où il pourrait plonger pour magnifier ses noces avec la mer, avait été d'instinct heurté par cette image. Le lieutenant L. était à un âge où l'on prétend regarder debout et en face le soleil et la mort.

En tout cas aujourd'hui, à l'heure où la France s'effondrait et où le monde s'embrasait, le lieutenant L. n'imaginait pas qu'il pût continuer à étudier et à vivre comme si de rien n'était. Etre officier était le seul état qui s'imposait. Il se félicitait d'avoir suivi en secret, pour éviter les sarcasmes prévus de ses amis, les cours de préparation des élèves officiers de réserve. Il avait pu ainsi, dès son engagement dans l'armée, être appelé *Monsieur l'Aspirant*. Dès qu'il avait entendu parler de la division Leclerc, il avait décidé que cette légion était faite pour l'accueillir. Il n'avait pas hésité. Porté vers les sciences et doué pour l'action, il avait été protégé des palabres de son entourage sur Pétain et de Gaulle. Ce jeune homme ignorait ce qu'on appelle aujourd'hui des *états d'âme*. Pour lui les choses étaient simples. Les Allemands étaient en France, il convenait de les en déloger. Ses choix étaient si immédiats et si romantiques aussi qu'ils en paraissaient presque trop faciles. On crut un jour qu'il révélait sa vraie nature. Un ami de ses parents avait fait observer que tant qu'à se résigner à rejoindre l'armée et à porter les armes, au moins fallait-il rester dans la troupe, à la base, pour être solidaire de ce peuple qui subit la guerre. « Je ne veux pas subir la guerre mais la faire. Je suis pour le peuple, mais sans lui », répondit ce jeune petit-bourgeois en rajustant sa vareuse, dont les manches étaient ornées du paraphe spiralé et doré des aspirants. En fait, Monsieur l'Aspirant s'inventait un cynisme de conquérant. En six mois, il allait être nommé sous-lieutenant, puis lieutenant. Promotion exceptionnelle qu'il eut la simplicité de trouver conforme à son fameux destin. Donc deux ans après son engagement, dans le navire du convoi britannique qui transporte sa division d'Oranie en Grande-Bretagne, voici notre lieutenant L. qui contemple le ciel avec gratitude. La vie vaut la peine d'être vécue et la mort d'être risquée. Le jour anniversaire de sa naissance, le 14 juin 1944, après onze jours de tumultueuse traversée, il aperçoit les côtes anglaises. Il a vingt-trois ans.

En Grande-Bretagne, l'état-major général avait attribué à la division Leclerc une zone de stationnement, à Hessle on Humber, près de Hull, dans le Yorkshire, comté situé juste au-dessous de l'Ecosse. La compagnie du lieutenant L., «21e compagnie du 13e bataillon du génie d'assaut», campait dans un grand parc, Tramby Park, sur lequel veillait depuis une hauteur une vaste maison seigneuriale que les

Français appelaient le «manoir». Notre lieutenant était, lui, à la tête de la section dite de
reconnaissance de cette compagnie de com-
mandement. Section dont on déclarait souvent que les volontaires qui demandaient à en
faire partie avaient peu de chances d'en revenir. Il s'était entraîné avec fougue à Té-
mara, au Maroc, faisant courir les risques les
plus inutiles à ses compagnons pendant des
manœuvres sous tir réel. Sans parler des
explosifs qu'il faisait sauter tout le long d'un
parcours, pour mettre ses hommes en condition. «Le lieutenant L. est un exalté», disaient
les autres officiers, avec une condescendance
un peu forcée.

«Non, ce n'est pas un exalté, c'est un ange»,
répondait avec un fort accent l'adjudant syrien qui tenait, malgré son grade, à lui servir
d'ordonnance et qui paraissait tout simplement amoureux de lui. Hassid, l'adjudant en
question, était une sorte de géant complexé
parce qu'il était géant, parce qu'il était syrien,
parce qu'il louchait, parce qu'il se disait lui-
même atteint d'*exophtalmie*, c'est-à-dire qu'il
avait les yeux hors de la tête, ce qui le faisait
souvent apparaître hystérique lorsqu'il dévo-

rait du regard le jeune L. En fait, bien qu'on ne lui connût aucune liaison avec une femme (ce qui, comme on va le voir, était plutôt rare parmi les nouveaux résidents de Tramby Park), Hassid n'avait que des sentiments abusivement paternels. Il était attendri par le lieutenant comme devant un fils que le ciel lui eût envoyé. Un fils qui se trouvait être son supérieur.

«Le lieutenant apprend tous les jours un poème», s'émerveillait Hassid. Chacune de ses révélations sur le comportement du lieutenant L. provoquait des ricanements chez les uns, un surcroît d'impatience chez les autres. Surtout chez le commandant de la compagnie, un quadragénaire portant beau, un peu épais, qui se croyait contraint d'en remettre pour compenser le fait qu'il n'avait jamais servi que dans l'intendance. Auprès du lieutenant L., n'ayant pu se faire reconnaître comme protecteur, le commandant ne pouvait être que rival. Il devint distant, puis hostile. Il décréta que son jeune lieutenant, élégant bretteur, baroudeur inspiré et guerrier angélique, jouait avec la vie et avec la mort d'une manière qui n'avait rien à voir avec les grandes ambitions de la division Leclerc. Notre lieutenant était peut-être, en effet, trop occupé de son destin. Mais, pour le moment, cela lui procurait autant de bonheur que de panache.

Les journées passèrent, jalonnées par les actions d'éclat et les superbes outrances du lieutenant L. Sa réputation d'intrépidité au cours des manœuvres et d'habileté insolente dans le maniement des explosifs gagna le bataillon, la brigade et jusqu'à la division entière. On l'appelait pour découvrir le mécanisme des nouvelles mines que les Allemands avaient inventées, avec tout leur réseau de camouflage des mèches lentes, pour détruire les ponts. Comme, de plus, le lieutenant L. avait fini par mettre au point un ingénieux système d'enseignement pour initier à tous les explosifs les jeunes recrues et les vieux briscards en quête de recyclage, on le convoqua à l'état-major britannique du Yorkshire pour livrer les secrets de sa pédagogie. C'était un incomparable honneur fait à un Français, alors que les troupes gaullistes dépendaient dans tous les domaines des alliés anglo-américains. Le lieutenant L. caracolait d'exploit en exploit.

Tout se déroulait comme prévu, c'est-à-dire glorieusement. Davantage encore : un jour, une prise d'armes eut lieu, qui réunissait tout le 13e bataillon du génie d'assaut. On attendait le colonel de Guillebon, l'un des trois chefs des *groupements tactiques*, qui constituaient le nouvel ordre de bataille de la division. On ne sait par quel hasard ce fut le général Philippe Leclerc de Hauteclocque, lui-même, qui arriva, flanqué de son état-major et du chef de bataillon du 13e génie. Déjà, avant même le Débarquement, avant Alençon, Paris et Strasbourg, Leclerc était, au moins pour ses soldats, une légende vivante. Il ne dit pratiquement un mot à personne. Il se fit présenter le lieutenant L., sans lui faire aucun compliment. Seule une esquisse de sourire relâcha les lèvres minces de son visage maigre, juvénile, autoritaire, tout en bosses. Le lieutenant L. reçut, ainsi, le sacre ou l'onction. Quoi d'étonnant ? Les dieux le lui avaient promis dans sa jeunesse. Hassid manqua de s'évanouir d'émotion. On ne l'eût pas davantage comblé en le distinguant lui-même. Le chef de bataillon Delage félicita le commandant de la 21e, qui put ainsi se croire responsable des mérites du lieutenant L. Mais il rongeait son frein en pensant, avec une envieuse inquiétude, que désormais on ne pourrait plus tenir ce jeune officier qui déjà n'en faisait qu'à sa tête.

On sait déjà que tout allait basculer. Après une telle percée, un parcours si royal, d'où pourrait bien venir l'obstacle ? Tout bascula en effet le jour où l'on apprit la mort subite, dans le manoir, de la très jeune femme qui y vivait. C'était à sept heures du matin, après l'appel, que l'adjudant Hassid divulgua la nouvelle de la mort de celle qu'il appelait tantôt la châtelaine, tantôt la Lady. C'est un peu plus tard qu'il consentit à préciser qu'elle pourrait bien avoir été assassinée.

Des mois après, lorsque les soldats évoquèrent la nouvelle de cette mort, ils eurent un point de repère bien précis : c'était le lendemain du jour où ils avaient perçu leur nouvelle carabine légère américaine. L'ivresse. Chacun avait appris à démonter les mitrailleuses de 30 et de 50 les yeux fermés. Mais, pour cette carabine, les doigts se promenaient tout seuls, même dans la nuit, sur ses formes. Elle avait la grâce des cannes africaines, le galbe des harpes andines, on l'eût dite fabriquée par un luthier. On prenait soin de la protéger de l'aube très humide dans cette campagne anglaise.

Après la nouvelle du meurtre, l'émotion devint aussitôt cancanière. Qui était donc la victime? Une Allemande, apprit-on, dont les parents huguenots, partis de France depuis longtemps, s'étaient réfugiés en Bavière. Où était son mari? A la guerre, en Afrique. Hassid décida que c'était un Lord et qu'il s'appelait, suivant l'inscription sur le portail du manoir, Devonshield. Peut-être n'étaient-ils pas mariés? Peut-être. Elle était si jeune, seize ans, dix-huit ans? Non, vingt.

Le fait que quelqu'un se fût aventuré à suggérer — alors qu'on ne pouvait en avoir encore, bien sûr, aucune preuve — que la jeune châtelaine avait pu être assassinée avec l'une des carabines nouvellement perçues par la compagnie orienta toutes les pensées vers le lieutenant L. Dès notre arrivée, il s'était fait inviter au manoir. Et dès le premier instant, il aimait. Il aimait! S'il y avait une justice, disait Hassid toujours théâtral, elle unirait ces deux êtres, le lieutenant et sa Lady, car c'étaient des *envoyés du ciel*. Personne, à part L. et Hassid, n'avaient jamais vu la jeune châtelaine Devonshield — pour adopter le titre et le nom que Hassid lui donnait. Les hommes ne la connaissaient qu'au travers des évocations sibyllines du lieutenant.

Aucun soldat, sous-officier, officier, supérieur ou pas, de la 2e DB ne manquait d'une *marraine* anglaise. Les volontaires de la croix de Lorraine ont ainsi caracolé dans les cœurs et les corps de jeunes femmes de Hull et de la région avec une frénésie qui aurait pu leur faire oublier la grande aventure pour laquelle on les préparait. Le lieutenant L., chef de la section de reconnaissance, figure de proue et athlète romantique de la 21e compagnie, avait évidemment décidé qu'il devait tomber amoureux de la dame du manoir, qu'elle l'attendait et que c'était depuis toujours inscrit dans le ciel ou ailleurs. On a compris que le lieutenant L. et l'adjudant Hassid avaient au moins un point en commun : un romantisme de midinettes, ou d'exaltés — ou de héros. Il *fallait* que la maison d'Elizabeth fût un manoir ou un château. Il *fallait* que celle qui y résidait fût une lady, sinon une duchesse. Il *fallait* que

seul le lieutenant fût digne d'elle. Le commandant de la compagnie en prit ombrage pour le
principe : la hiérarchie lui eût en effet permis
de prétendre à ce rôle. Mais, dépassé par de si
mystiques transports, il rendit vite les armes
en prétendant être porté, par tempérament,
vers des *oies moins blanches*. Cette désertion
n'ajouta rien à son prestige. Elle porta au pi-
nacle celui du lieutenant.

Lorsque, réduite à une ombre gracile et
lointaine, la dame du manoir tirait les rideaux
de sa chambre, le lieutenant hésitait avant d'y
voir un signe, tout en se laissant aller à des
incantations dévotes, d'un autre âge et d'un
autre milieu. Mais cet étrange jeune homme
vivait trop fort pour se regarder vivre, ignorait la crainte du ridicule et imposait son
comportement. Très vite, il devint clair que,
tandis que toute la compagnie pratiquait, sur
l'herbe et sous les couvertures brunes qui la recouvraient ici et là, un amour si l'on ose dire
sans retenue et sans détour, un jeune officier,
pourtant doté de tous les appétits de son âge
et de son siècle, en était réduit à un amour
courtois qui ne quittait la tension des attentes
que pour l'innocence des échanges. Lady Eli-

zabeth, disait Hassid, avait des yeux boule-
versants, une chevelure *à damner tous les
saints*. Il utilisait ce cliché avec l'impression
qu'il soulignait sa familiarité avec la langue
française. Hassid s'attardait, en s'en émerveil-
lant, sur toutes les expressions venues d'un
terroir qu'il regrettait n'être pas sien. Il prenait un tel plaisir à retrouver la littéralité des
clichés qu'on pouvait très bien l'imaginer évoquant saint Jean Damascène, Cyrille et
Méthode, tous les saints orthodoxes et tous les
popes célèbres, frappés de damnation par la
chevelure d'une jeune femme. Celle de la jeune
Elizabeth était sans doute exceptionnelle.
Mais elle ajoutait, précisait l'adjudant ébloui,
un élément d'irréalité à *cette constitution fragile
qui fait les vraies grandes dames*. L. allait la
voir tous les soirs, après les manœuvres. Il
partait vers le manoir comme un conquérant.
Il en revenait très tard dans la nuit, comme un
envoûté. Hassid avait raison, il apprenait bien
un poème par jour. C'était pour le réciter à son
égérie. Et parce qu'il avait retrouvé à Hessle
les mêmes recueils de poésie de Keats et de
Shelley qu'il y avait dans la bibliothèque de
ses parents. Peut-être étaient-ce ces deux

poètes (le premier mort à vingt-six ans et le second à trente) qui avaient conduit L. à rêver d'une mort précoce? En tout cas, à contempler cet *exemple de beauté qui est une joie pour toujours*, selon Keats, notre héros ne s'appartenait plus. Mais, loin de l'alanguir, les frustrations de l'amour sublimé décuplaient ses forces et son besoin d'activité. Ainsi, dans les manœuvres au centre de l'Angleterre, contre l'armée polonaise Anders, il avait plus d'une fois failli perdre la vie. Il est vrai que ces Polonais avaient eux-mêmes une telle impatience d'en découdre qu'ils oubliaient qu'ils n'avaient pas des Allemands en face d'eux. Donc un matin, les Français, les Espagnols et les Arabes qui étaient réunis pour l'appel de neuf heures, apprirent l'assassinat de la Lady. Et ils remarquèrent l'absence du lieutenant L.

Le meurtre avait eu lieu la nuit précédente. Au petit matin, devait préciser le commissaire bientôt dépêché sur les lieux. C'était un jardinier qui avait trouvé le corps de cette créature *déjà si peu de ce monde*. Ceux qui pouvaient entendre son anglais bien particulier crurent comprendre que le jardinier prenait soin de la jeune femme comme de ses fleurs. Hassid, qui avait appris l'anglais à Damas, estima que ce jardinier était ivre, ou bègue, ou les deux, qu'il s'embrouillait en parlant d'une carabine, et qu'il n'était compréhensible que lorsqu'il répétait, hagard, que sa Lady partie, lui n'avait plus rien à faire sur cette terre et qu'il allait couper toutes les fleurs, toutes sans exception. Hassid pensa au lieutenant. C'en est fini de son bonheur, se dit-il, et il redouta que c'en fût fini de sa gloire. Il souhaita que l'ordre de mouvement pour le Débarquement arrivât très vite. «Seule la guerre peut nous sortir de cette merde», dit-il en surprenant tout le monde, car il mettait d'ordinaire un point d'honneur à éviter toutes les grossièretés que l'on attache à son grade. Hassid aurait dû être officier depuis longtemps. «C'est déjà si bien qu'on m'ait laissé grimper jusque-là.» A quarante-cinq ans, il aurait pu être délivré de toute obligation. «C'est moi qui ai revendiqué l'honneur de libérer la patrie.» Il n'avait aucune raison d'être au service du lieutenant. «Je veux le protéger parce qu'il est jeune et qu'il va mourir», disait Hassid en caressant, pour conjurer sa prophétie, le crucifix qu'il portait sous sa chemise.

96

Quand le commissaire le fit venir au manoir, Hassid dit qu'il n'avait aucune autorité pour répondre en l'absence du lieutenant. Et il découragea le policier britannique en lui parlant de la guerre entre Français et Anglais en Syrie. Il n'avait rien à dire ? Si. Dieu avait rappelé à Lui un ange incapable de vivre parmi nous qui sommes trop grossiers. Pour le moment, l'autre « ange » n'était pas là. Il se faisait même un peu trop attendre au gré du commissaire, qui trouvait que cet adjudant-poète en faisait un peu trop.

Les interrogatoires au manoir se déroulaient dans un salon, rempli de trophées de chasse, de coupes en argent, de portraits de famille et de photos de chiens. Rien qui eût rappelé la délicatesse de la jeune Elizabeth, sauf peut-être un piano. Où recevait-elle le lieutenant ? On avait peine à penser que ce fût dans ce salon. On avait déjà disposé la jeune morte sur un divan, le long d'une véranda fermée et vitrée, en forme de serre. On avait mis autour d'elle, et on continuait à mettre, toutes les fleurs du jardin. Il ne doit pas en rester une seule sur pied, avait dit le jardinier. Une gouvernante malade, mais revigorée par le cérémonial, demanda si la musique qui s'imposait devait être une antienne de l'époque dont elle aimait la sirupeuse nostalgie, *Star Dust Melody* ou *la Symphonie inachevée* qu'elle travaillait encore ces jours derniers, comme l'indiquait la partition de Schubert encore sur le piano. Le commissaire osa demander si une musique quelconque s'imposait.

Qui se trouvait au manoir la nuit du crime? La vieille gouvernante alitée et sourde. Le jardinier qui habitait les communs, lesquels jouxtaient la bâtisse principale. Deux femmes de chambre, la mère et la fille, qui terminaient leur service à dix heures. Et d'ordinaire? Eh bien, d'ordinaire, répondirent tous les gens interrogés, il y avait depuis quelque temps ce jeune officier français. Il venait tous les soirs? Sans manquer une seule fois. Sauf quand il était en manœuvre ou en mission, corrigea Hassid. Vous-même, vous est-il arrivé de venir ici? demanda le commissaire à ce dernier. Oui, répondit Hassid, pour chercher le lieutenant. Y avait-il d'autres Français qui venaient au manoir? Parfois, précisa l'une des deux femmes de chambre, on voyait un soldat accompagner le lieutenant. Qui cela? Hassid répondit que c'était le caporal-chef Amar, un Arabe d'Algérie, un musulman, précisa-t-il sans que personne ne comprît pourquoi.

Il faut parler ici d'Amar. Dans cette compagnie les regroupements se faisaient par affinités ethniques. Les Basques; les Corses; les Parisiens; les Espagnols et enfin les Arabes. Ceux sur lesquels Hassid exerçait le plus difficilement son autorité étaient les Arabes nord-africains. Tous musulmans, peu familiers de l'histoire des chrétiens d'Orient, ils avaient du mal à accepter d'être commandés par un Arabe qu'ils imaginaient *renégat* puisqu'il n'était pas musulman. L'un d'entre eux, cependant, faisait exception et se soumettait de bonne grâce aux humeurs de Hassid : c'était le caporal-chef Amar, le seul auquel Hassid permît de l'assister pour faire auprès du lieutenant ce que son rang lui interdisait.

Sec comme un sarment de vigne, taillé comme les hommes bleus de Mauritanie, Amar ne disait pas un mot et on ne lui prêtait d'ailleurs aucune pensée. Un être fier, tout en allure, en port, en maintien. Sur un cheval ou un chameau, sous un uniforme d'empire ou sous une armure, on l'imaginait souverain. Or c'était un paysan. Et sans doute, comme il le disait, le plus pauvre de ses montagnes kabyles. « Pourquoi dites-vous que vous êtes un Arabe alors que vous êtes un Berbère ? » lui disait Hassid qui tenait à dire « vous » à tout le monde. Amar ne répondait pas. Il ne commentait jamais non plus ses très discrets succès féminins, qui étaient nombreux — comme étaient nombreux, au grand dam des autres, les succès des Maghrébins depuis qu'ils se trouvaient en Grande-Bretagne. Amar avait fini par se lier à la fille d'un vieux professeur de français chez qui il allait dîner. Des Corses et des Espagnols, transportant depuis l'Algérie leurs préjugés, furent non seulement jaloux des talents qu'ils découvraient chez les Maghrébins, mais enragèrent de voir des « blondes » se commettre et s'afficher avec des Arabes. Deux d'entre eux, tout en protestant de leur sympathie pour Amar, se mirent en tête d'instruire le professeur des « erreurs » de sa fille. Ils furent éconduits. Le vieil homme ne redoutait au contraire qu'une chose : être bientôt privé — quand la division partirait — des visites d'un homme comme Amar, qui savait lui parler avec patience, avec respect, comme il eût parlé chez lui, en Algérie, à un ancien.

On finit par connaître le nom de la jeune Anglaise : Marion Chambers. Marion était venue un soir au camp accompagner une amie, dans l'espoir peut-être de rencontrer un compagnon. Aucun soldat ne sut lui plaire. Elle trouva ces garçons arrogants, trop directs. Cela n'avait pas l'air de troubler son amie. Elle s'apprêtait à s'en retourner seule lorsqu'elle entendit un homme à la voix bien posée, douce, pénétrante. En s'approchant, elle remarqua un soldat assis sur un banc de pierre. Elle le vit prendre avec soin l'un des grands colis qui contenaient les célèbres «rations K» que la compagnie recevait de l'armée américaine. Le soldat l'ouvrit avec méticulosité, en fendillant de son poignard l'enveloppe, paraffinée pour être imperméable, puis en décolla un à un les rabats et finit par en extraire avec cérémonie tous les produits qu'il disposa sur une couverture impeccable, mise sur le sol, à ses pieds. Il contemplait le tout,

l'air pensif, ébloui. Il parcourait toutes les
boîtes et tous les paquets du regard, et il avait
l'air comblé. Il les prenait dans ses mains, les
humait, les pressait, les retournait dans tous
les sens, puis les posait à terre, heureux
comme un prince parmi ses trésors. Et il se
parlait à lui-même, tout haut, en français,
ignorant qu'il pût être entendu de quiconque :
« Tous les ans nos paysans se demandent s'ils
pourront avoir du café; nous, nous en avons;
et nous avons en plus le lait et le sucre. Tous
les ans, nos enfants nous demandent des
œufs : nous, dans ces boîtes, nous avons autant d'omelettes que nous voulons. Et, en
plus, nous avons de la confiture. Et des cigarettes; et des jus de fruits; et même des allu-
mettes. » Il n'en finissait plus de recenser ses
privilèges. Dieu que cette guerre était belle,
que l'Amérique était riche et comme nous
avions de la chance. « On nous dit que nous al-
lons peut-être mourir. Est-ce qu'on ne meurt
pas dans les montagnes avec le ventre vide ?
La mort dépend-elle d'ailleurs de qui que ce
soit ? » Marion ne comprit que la dernière
phrase de ce soliloque. Elle fut frappée par le
naturel, la sobre spontanéité de ce paysan,

dont les manières tranchaient avec celles des autres soldats. Se découvrant surpris, Amar rassembla aussitôt les éléments épars et magiques de son rêve éveillé. Attendrie et lumineuse, Marion lui adressa la parole la première, comme si elle le connaissait depuis longtemps. Elle le questionna sur sa famille, son village, ses rêves. Puis, conquise par la fière simplicité des réponses du paysan et par son regard un peu absent, elle l'emmena de Tramby Park à Hessle chez son père le soir même.

Où se trouvait Amar la nuit du crime? Questionné, Hassid répondit qu'il avait demandé au caporal-chef de servir de chauffeur et de compagnon de route au lieutenant L. dans sa mission à Londres. Il n'était donc pas revenu? Pas à la connaissance de Hassid. Ce qui guidait le commissaire dans ses recherches, c'était plus son désir que son flair. Autrement, il aurait eu bien des raisons de chercher — aussi — du côté des amis anglais de M. Devonshield. Il savait qu'il y avait eu autour du couple quelques intrigues avant le départ du Lord pour l'Afrique. On avait même murmuré que ce départ avait été précipité pour des raisons conjugales. Homosexuel, le Lord ? Cela n'eût pas étonné outre mesure le commissaire. Quant à Elizabeth, elle avait sans doute l'air d'une Ophélie intacte, immaculée, fruit de la pureté et ne prodiguant que de la pureté, mais elle avait des réactions singulières. Un jour, le commissaire était venu voir M. Devonshield, et il avait surpris au piano la jeune Elizabeth, elle s'était arrêtée net, lui avait sauté au cou, l'avait embrassé sur la bouche avec une sorte de furie infantile. Ces sortes d'épanchements saisissaient chaque fois de surprise le commissaire, suscitaient chez lui un désir très clair et ajoutaient au mystère de la jeune femme. Ce commissaire, un roux flamboyant aux petits yeux verts, décida que, tout de même, l'homme dont Elizabeth était le plus proche ces derniers jours, c'était le jeune officier français, dont on attendait l'arrivée le lendemain.

Dès que le lieutenant L. fit son apparition, on vit qu'il savait que sa châtelaine était morte et qu'elle avait été victime d'un meurtre. Il avait l'attitude d'un être qui a perdu son étoile, mais qui prétendait encore la retrouver. Il n'acceptait pas qu'un événement,

fût-il épouvantable, pût contrarier son entre-
prise de conquérant. Il allait bientôt retrouver
la lumière qui l'avait jusque-là guidé vers les
cimes. On l'informa que le commandant de la
compagnie l'attendait, mais on ajouta aussitôt, *mezza voce*, que le capitaine Dechetrit,
homme d'influence, car il était le seul héros de
l'épopée du Tchad présent dans la 21e, jugeait
opportun de le voir avant. Il débarqua chez ce
dernier qui, sans lui demander aucune explication, lui enjoignit sèchement de ne rien dire au
commandant qui pût mettre la 21e compagnie
en difficulté avant le Débarquement. Le
lieutenant se présenta ensuite au commandant, qui s'était fait un visage de circonstance,
montrant qu'il était prêt à être furieux.

«En quoi êtes-vous mêlé à ce crime?
— En rien.
— Vos hommes?
— Rien. Rien que je sache.
— Juré?
— Juré.»

Ouf. Le commandant se promit de le
prendre de haut avec le commissaire anglais.
Le drapeau français sali par de misérables his-
toires à la veille de la libération de la patrie?

105

Jamais. Le commandant évita toute question sur les rapports du lieutenant L. avec Lady Elizabeth. Comme tout le monde, le commandant avait trouvé un certain apaisement en se persuadant que cela n'avait pas beaucoup d'importance puisque de toute façon le lieutenant devait mourir dès les premiers combats. Peu à peu, ces prophéties accumulées sur la mort du lieutenant se mirent à ressembler à une malédiction.

Si bouleversé qu'il fût depuis qu'il avait appris la mort d'Elizabeth, le lieutenant L., qui avait l'orgueil vif, n'avait pas apprécié le ton du capitaine Dechetrit. Ce dernier, un biologiste devenu médecin dans l'armée, faisait donc partie de l'aristocratie des *free French*, les Français libres qui avaient rejoint le colonel Leclerc au Tchad, et qui avaient participé à la bataille de Koufra avant de remonter avec la colonne jusqu'en Tripolitaine. C'était un être secret, silencieux, pessimiste, lecteur complaisant, bien que juif, de Céline, et dont le seul ressort intime connu, plus encore que l'antinazisme, était un esprit de corps 2e DB. Il parvenait à rendre contagieuse sa dévote appartenance à l'«armée Leclerc». Il se privait d'alcool par fidélité aux consignes ascétiques, mais assouplies depuis lors, que Leclerc avait imposées à ses soldats après Koufra. La seule punition dont il eût jamais menacé l'un de ses subordonnés fut de demander son transfert dans une autre division. Inférieur dans la hiérarchie, il avait plus de légitimité que le commandant de la compagnie. Le lieutenant L. se rendit à nouveau près de lui pour lui dire, avec une solennité qu'il voulut insolente, qu'il était prêt à tout, y compris à s'accuser, pour éviter une enquête qui risquerait de maintenir sur place la compagnie. Dechetrit, impatient, lui répondit d'arrêter là son *théâtre*. Il avait reçu le vieux professeur, le père de Marion Chambers, maîtresse désormais attitrée d'Amar. Il savait *tout* sur le meurtre. Il n'était plus question d'arrêter l'enquête. «Tout quoi?» demanda L. Le capitaine Dechetrit proposa au lieutenant L. de se rendre avec lui à la rencontre d'Amar.

Ils tombèrent sur Hassid, dont les gros yeux étaient humides et qui leur désigna quelques mètres plus loin l'endroit où Amar, à genoux, était en train de faire sa prière. Tous furent saisis par la dévotion de cet homme simple. Les chrétiens se signèrent. On vit s'approcher le commandant de compagnie, entouré d'une dizaine d'officiers et de soldats. Amar en prière devenait le centre des regards. Ce paysan kabyle exprimait à cette minute, et selon son rite, l'étrange fatalité qui frappait la compagnie. Le lieutenant L. découvrit que le caporal Amar se rapprochait de son destin alors qu'il semblait s'éloigner du sien.

Amar ne s'était pas laissé distraire de sa prière par les regards concentrés sur lui. Voyant qu'il s'apprêtait à se redresser, tous les autres, qui jusque-là ne s'étaient pas sentis indiscrets, s'éloignèrent cependant pour ne pas rencontrer son regard. Et c'est à ce moment-là que l'on entendit un coup sec, très particulier, celui des balles des nouvelles carabines. Amar tomba face contre terre. Il venait d'être tué sur le coup. Tous se regroupèrent. Chacun voulut toucher le corps d'Amar. Dechetrit, avec Hassid, dissipa ce qui était en train de devenir une cérémonie d'exorcisme. On se mit à chercher dans la direction que désignait l'impact de la balle. On fouilla tous les bosquets qui menaient au manoir. Pas une feuille ne tremblait. C'était une belle journée. *«Lovely day, isn't it?»* disaient entre eux, hors du parc de cantonnement, les passants. On entendait, venant du château, l'enregistrement de *Star Dust Melody*. Au-delà de Tramby Park et de Hessle, la rumeur répandit jusque dans Hull la nouvelle des meurtres. Les jeunes filles ne viendraient pas au camp ce soir retrouver leurs soldats. Certaines d'entre elles tenteraient de tenir compagnie à Marion Chambers et à son père, sinon de les consoler. A Marion, une sorte de rayonnante tristesse donnait l'air d'une madone blessée. Tout, c'était annoncé, avait basculé. Amar, après Elizabeth, emportait avec lui cette insouciance droite qui avait, pendant des semaines, dans ce camp, rendu toute chose innocente. Ce jour-là, à Hull, dans le Yorkshire, dans cette section de reconnaissance de la 21e compagnie du 13e bataillon du génie d'assaut, on se rendit compte qu'on avait oublié que la vie pouvait être tragique en dehors de la guerre.

La mort d'Amar détourna le lieutenant L. de la tentation d'aller veiller Elizabeth, mais il ne put échapper à un nouvel interrogatoire au manoir. Il tremblait. Les visages d'Elizabeth et d'Amar se superposaient comme une *malé-diction*. Dans le salon, sur le mur au-dessus du bureau où s'était installé le policier, il y avait une carabine pendue entre deux tableaux, comme une arme de chasse. Il s'en approcha, la décrocha, la prit entre ses mains, vit une marque, reconnut que c'était la sienne. «C'est vous qui avez exposé cette carabine en évidence?» dit-il au commissaire. «Elle est belle, n'est-ce pas? répondit ce dernier, belle comme Elizabeth.» Après un silence pendant lequel il reprit la carabine des mains du lieutenant, le policier fit observer que les deux balles qui manquaient dans le chargeur se trouvaient l'une dans la tête de la jeune châtelaine, l'autre dans la poitrine du caporal français. Et il se mit lui aussi à jouer avec cette arme gracile et sauvageonne. Le lieutenant L. regardait tour à tour dans la direction de la carabine et dans la direction de son idole des jours récents. La jeune morte était là, sur la véranda, irréelle comme avant. Il se dit qu'en effet elle ressemblait d'une certaine façon à la carabine. Je ne sais rien, dit-il au commissaire, qui répondit: «Bien sûr.»

Le commissaire poursuivit son enquête

avec, depuis la mort d'Amar, l'aide de toute la compagnie. Les hypothèses les plus extravagantes étaient avancées, bientôt transformées en témoignages et en certitudes. Les officiers ne doutaient pas de la culpabilité du lieutenant; Hassid ne se préoccupait que d'établir son innocence. Pour d'autres, il était évident que si Amar avait été choisi pour cible, c'était parce qu'il n'était pas étranger à l'assassinat d'Elizabeth. Mais, au bout de vingt-quatre heures à peine, le commissaire arrêta sa conviction : le lieutenant L. avait fait tuer Amar pour être lavé du soupçon d'avoir assassiné la châtelaine. Les alibis du lieutenant n'étaient pas solides, à l'entendre. Le lieutenant pouvait bien être revenu avec Amar avant le convoi qui le ramenait de Londres. Il avait eu tout le temps de tuer Elizabeth et d'organiser ensuite le meurtre d'Amar. Par qui? On pouvait retenir le fait que Hassid, lui, n'avait aucun alibi. Il avait bien dirigé le lieutenant L. et le capitaine Dechetrit vers Amar, mais il n'était pas dans le groupe qui avait contemplé Amar quand il faisait sa prière. Cette version parut crédible à quelques-uns, troublante pour tous les autres. Le commissaire commençait à se sentir digne des détectives d'Agatha Christie et il s'apprêtait à reconstituer les crimes en rassemblant tous les suspects, lorsque ce qu'il redoutait le plus arriva. Hassid, convoqué comme suspect, rejoignit en courant le groupe devant lequel le commissaire, avantageux, pérorait. Hassid était essoufflé, mais radieux et vindicatif. Il *portait à la connaissance* des deux hommes que le commandant de la compagnie venait de recevoir l'ordre de faire mouvement vers Southampton. Le jour du débarquement de la 2e DB en France était arrivé. «Si je n'arrive pas à vous retenir, je vous ferai revenir», conclut le commissaire en se levant. Dans les yeux du lieutenant, il vit que ce serait peine perdue.

La mise en branle du départ ne dura pas longtemps. Tout avait été prévu pour que chacun s'y préparât sans cesse. La disposition d'esprit de ces jeunes hommes avait soudain changé. Ils étaient tout à l'excitation de ce qui les attendait, mais ils abandonnaient toute frivolité à l'égard de celles qu'ils laissaient. Comme si le fait de les abandonner transfigurait en amoureuses les charmantes par tenaires de plaisir. On quitta Tramby Park, Hessle, Hull, les parcs, les pelouses, le manoir. Le long convoi de la compagnie s'ébranla après que les jeunes femmes eurent agité, en guise de mouchoirs, les écharpes laissées en souvenir par leurs jeunes amants, après que les adresses furent échangées et que des serments de se revoir furent prononcés. Il y eut dans l'air une sorte de frémissement qui toucha presque au pathétique. Personne n'y pensa plus lorsque le convoi arriva à Southampton, et qu'une fanfare anglaise salua ces Français qui rentraient chez eux pour combattre. En entendant cette musique que les instrumentistes de la fanfare jouaient, eux, sans discontinuer, jour et nuit, depuis qu'avaient commencé les opérations d'embarquement, les officiers et les hommes de la 21e compagnie eurent, comme disait Hassid, la *chair de poule*.

Un épouvantable baptême du feu les attendait. Quand la compagnie débarqua en Normandie entre Avranches et Grandville, par une nuit bleue où les balles traçantes se croisaient dans le ciel comme un feu d'artifice saluant son arrivée, la plupart des blindés furent bombardés, incendiés, détruits : une «erreur» des Américains. Sous le regard du capitaine Dechetrit, qui ne pouvait rêver plus agressive illustration de son apocalyptique vision des choses, les jeunes recrues, après avoir baisé la terre de France et être remontées dans leurs *half-tracks*, autos blindées et demi-chenillées, avaient été transformées en torches vivantes. Les survivants, frappés d'effroi, connurent, avec leur initiation aux combats, l'entrée dans un absurde déchaîné et tonitruant, au moment où ils croyaient avoir accès à la gloire. Devant les cadavres fumants des soldats de dix-neuf et vingt ans, écrasés par l'aviation alliée, le lieutenant L. perdit une assurance déjà devenue amère. Il eut une pensée rapidement indulgente pour le pacifisme de ses parents.

Dès le lendemain, l'ordre vint de procéder au déminage d'une route et des terrains avoisinants couverts d'explosifs, de toutes les variétés de mines connues, et de cadavres qui avaient sauté sur certaines des mines. Les cadavres d'une compagnie britannique qui venait ainsi d'être décimée. Il fallait des volontaires. «C'est mon travail», dit le lieutenant L. avec une précipitation rageuse. Ce qui était d'ailleurs vrai. Non seulement, on l'a vu, parce que lui-même était devenu pour la détection le meilleur virtuose du bataillon. Mais parce qu'il avait formé, pour de telles situations, sa section de reconnaissance. Les morts de Tramby Park semblaient déjà bien loin. Pourtant, avant de partir en mission de déminage, le lieutenant L. tint à voir, comme si ce devait être la dernière fois, le capitaine Dechetrit, puis le père Fougerousse, aumônier du bataillon dont le QG stationnait à une trentaine de kilomètres, enfin le commandant de la compagnie. Ce dernier savait tout sur le double crime. Il attendit que le lieutenant lui fît sa confession avant de révéler la vérité. Le commmandant jouissait de chaque détail, avec une égrillarde satisfaction. Il promit le secret. Il ne put tenir parole. Dès les premiers jours du Débarquement, on découvrit que le commandant était chez lui en Normandie. Qu'il y connaissait tout le monde; qu'il y retrouvait des amis et des parents. On le vit donner l'accolade à une sorte de notable gras et aviné, fort en gueule, qui protestait contre les accusations de collaboration avec les nazis, dont il était l'objet. Le commandant hérita aussitôt de la fille du notable, une adolescente aguicheuse et morose, que l'on mit pratiquement dans son lit. Le soir même qui suivit son entretien avec le lieutenant L., le commandant fit les habituelles confidences sur l'oreiller. La jeune créature apprit tous les débordements des libérateurs. C'était un secret d'alcôve. Elle s'empressa de le divulguer.

C'est donc ainsi, en Normandie, et alors que cela n'intéressait plus grand monde, qu'on apprit la double vie que nos deux héros avaient menée en Grande-Bretagne, entre Hull et Londres. Que s'était-il réellement passé le jour précédant la mort de notre insaisissable châtelaine ? On a vu que le lieutenant L. effectuait à Londres une à deux missions hebdomadaires. Amoureux puritain à Hull, il s'encanaillait dans la capitale en s'adonnant à des beuveries organisées tour à tour par les Canadiens, les Sud-Africains et les Australiens de

l'armée britannique, dans des abris sou-
terrains, aménagés pour le défoulement des officiers de la RAF à leur retour de mission. Au
cours de son dernier passage à Londres, le lieutenant L. fut invité chez les Australiens. Dans
l'un des abris, il y avait une salle de projection.
Le film était déjà commencé et c'est dans
l'obscurité que le lieutenant L. dut prendre
place. Le film, c'était l'événement de Holly-
wood, *Autant en emporte le vent*. Avec Clark
Gable et Vivien Leigh. Obsédé, le lieutenant
réussit à trouver une vague ressemblance
entre l'héroïne du film et sa châtelaine.
Chaque fois que l'image devenait plus claire
sur l'écran, on pouvait distinguer les spectateurs dans la salle. C'est ainsi que le lieutenant
découvrit sa Lady, pelotonnée et amoureuse
dans les bras d'un jeune colonel australien. Il
fallait se rendre à l'évidence : c'était bien elle.
Plus chatte, plus sensuelle, plus abandonnée
qu'elle ne s'était jamais montrée au manoir, la
frêle châtelaine se manifestait plus empressée
aussi que l'aviateur flegmatique qui lui tenait
compagnie. La première partie de ce trop long
film se termina. On se rendit vers un autre
abri réservé aux boissons. La jeune femme qui

117

à Hessle s'ingéniait à jouer les apparitions dia-
phanes était vêtue comme une dame. Aussi
élégante, aussi recherchée dans la mise, mais
tout son aspect éthéré, vaporeux, ophélien,
avait disparu. Peut-être aussi le fait, pour Elizabeth, d'être entourée de jeunes auxiliaires de
l'armée britannique dans leur uniforme strict,
et même austère, ajoutait-il au caractère mon-
dain de sa tenue. Elizabeth était aussi belle et,
dans un autre genre, encore plus séduisante.
Le lieutenant L. découvrit en elle, et pour la
première fois, une femme. Il lui sembla qu'il
l'aimait moins et qu'il la désirait plus. Mais de
la voir avec cet Australien, et presque en-
veloppée par lui, transforma son désir en violence. Lui apparurent alors grotesques les
scènes d'amour courtois où sa Lady le trans-
formait en troubadour frustré. Elizabeth se
montra plus dame encore lorsqu'elle présenta
avec une parfaite aisance les deux officiers l'un
à l'autre. Ils échangèrent des propos de
circonstance. Le lieutenant chercha en vain
dans les yeux d'Elizabeth un éclair de gêne ou
de regret. Elle sembla lui signifier qu'elle ne lui
avait rien promis, rien dit de ses engagements
ni de sa vie. Elle s'éloigna pour rejoindre un

groupe d'aviateurs qu'elle parut bien connaître. L'Australien entraîna alors le lieutenant et lui annonça qu'il partait en mission pour s'initier à un nouveau type de bombardier. Il comptait donc sur le lieutenant pour prendre soin d'Elizabeth, d'autant qu'il avait remarqué son intérêt pour elle. D'une certaine façon, il l'offrait donc. On pouvait interpréter ce geste comme une indigne muflerie à l'égard de la jeune femme, ou comme un souci de ne pas laisser trop seul, même en l'abandonnant à un successeur virtuel, un être dont on se souciait encore. Le lieutenant choisit d'être offensé. C'était son tempérament : il était fait pour les duels. En l'occurrence, il se voyait offrir par un autre l'être qu'il n'avait pas su conquérir seul. Il ne se soucia pas un instant de l'offense faite à l'honneur d'Elizabeth, décidant qu'elle en était privée. Après tout, elle lui avait menti au moins par omission. Le lieutenant ne pouvait se permettre d'en rester là. Il se devait de gifler le colonel. Au moment où il fit le choix d'être fidèle à lui-même, il eut l'impression qu'il trahissait son destin.

Giflé, l'aviateur australien proféra d'énig-

matiques injures. Les deux hommes décidèrent de se retrouver dans la rue. A ce moment,
la sirène annonçant l'aviation allemande
retentit. C'est dans le fracas des bombes explo-
sant non loin de leur quartier que les deux
officiers commencèrent à se battre. Le lieutenant L. savait tout de l'art de l'autodéfense et
du *close-combat*. Il assomma son rival d'Australien. Le colonel, à terre au bout de quelques
minutes, sortit un revolver, mais au lieu de tirer, prétendit tenir le lieutenant en respect
pour le forcer à l'écouter : «Nous avons mieux
à faire que de nous entre-tuer entre alliés. C'est
bien votre pays qu'il s'agit de libérer des Allemands?» Le lieutenant, soudain calme, observa que c'était une question d'honneur. Mais
de voir le colonel à terre lui parut suffisant. Il
voulut en finir avec l'incident et se rappela la
mission dont il s'était depuis toujours lui-
même investi. Il entreprit d'aider le colonel à
se relever. Celui-ci prit peur, tenta de viser la
jambe du lieutenant qui n'eut qu'un geste à
faire pour retourner contre le colonel son revolver. Dans une rue obscure et humide de
Londres, un jeune colonel qui était venu du
bout du monde pour défendre le Common-

wealth et la reine gisait victime d'un malentendu qui brisait le parcours d'un non moins jeune lieutenant.

Un long moment après, lorsque Lady Elizabeth sortit pour rejoindre les deux hommes, elle découvrit son amant blessé, aux pieds de son amoureux de Tramby Park et d'un soldat français, le caporal Amar, arrivé entre-temps. Elle crut l'Australien mort. Elle ne chercha pas à vérifier qu'il l'était. Elle se mit aussitôt moralement en deuil, comme si elle n'attendait qu'une occasion pour se glisser dans la tragédie. Après un long silence, elle dit que chacun devait payer; qu'elle-même était désormais privée de sa raison de vivre; qu'elle espérait que le lieutenant se constituerait prisonnier. L. lui fit remarquer qu'heureusement le colonel australien n'était pas mort, qu'une blessure à l'épaule n'avait jamais tué personne. Elizabeth décida qu'on lui mentait. Elle avait semble-t-il besoin de croire que son aviateur était mort. A la fois parce qu'elle devait avoir appris qu'il s'était détaché d'elle et parce qu'une simple blessure ne comblait pas cette âme étrange et romantique. Elle était froide, pâle, obstinée. Elle partit désespérée;

déjà installée dans son désespoir; convaincue que son amant avait été tué par son courtisan; bien décidée à ce que justice fût faite. Elle qui avait paru avoir dix-huit ans dans son manoir, et vingt-cinq dans l'abri de détente, semblait maintenant en avoir trente. Mais elle ne manquait dans l'épreuve ni d'allure, ni de beauté. Cette Antigone de bonne famille réclamait justice avec la retenue d'une grande dame hallucinée. Le lieutenant ne put refréner un mélange d'effroi et d'admiration. Il ne l'aima plus. Il s'enferma dans la certitude qu'elle allait le dénoncer.

Les organisateurs de la soirée décidèrent de dissimuler l'Australien étendu sur une civière de fortune, et de le confier à une ambulance avant l'arrivée possible de la police militaire. Il fallait que le lieutenant L. profitât de la confusion générale pour s'enfuir dans la nuit. L. rejoignit Amar, qui l'attendait, comme convenu, à la tête d'un convoi. Bien avant les premières lueurs de l'aube, à moins d'une centaine de kilomètres de Hull, haletant et congestionné, le lieutenant raconta tout au caporal. Tout, même l'inutile, le détail superflu, la précision inattendue, avec des commentaires syncopés. Il parlait, il parlait : il se parlait à lui-même. Mais s'adressant plus particulièrement à Amar, qui était tout droit sur son siège, tout dressé devant son volant, il conclut : «Cette enfant étrange et fascinante a su me menacer de la seule chose qui pût me faire peur et me faire mal : ne pas aller en France. Rester ici en prison tandis que vous serez en train de débarquer et de vous battre.» Amar sentit qu'il devait réagir.

«Que faire, mon lieutenant?

— Je ne sais pas. Plutôt mourir.»

Cette repartie mélodramatique eut le don singulier de le faire tomber dans un demi-sommeil. Alors, comme pour rappeler au destin comment les choses auraient dû se dérouler, comment quelqu'un, quelque part, lui avait promis qu'elles se dérouleraient, le lieutenant L. se mit à évoquer, malgré lui, la dame du manoir, qu'il avait appelée pour la première fois une *enfant étrange*. Dans le rêve éveillé du lieutenant, elle était vêtue d'une robe décolletée, provocante, avec un rien de

vulgarité. Fascinante et douce, frêle et domi-
natrice, elle lui rappelait cette actrice qui avait
tant perturbé son enfance, Hedy Lamarr,
dans *Extase*. Il l'aima à nouveau et mieux encore qu'aux premiers jours. Mieux? Plus complètement, en tout cas. Il imagina qu'il
l'étreignait, qu'il faisait enfin l'amour avec elle,
qu'il n'en finissait plus de le faire. Pendant
cette évocation, tout était effacé. Tout ren-
trait dans l'ordre d'abord annoncé. Il ramenait
sa princesse en France et guerroyait pour elle
avant de mourir avec elle. Au bout d'une
demi-heure silencieuse, rompant sans s'en
douter le conte de fées de cette évocation,
Amar dit :

« Mon lieutenant.

— Quoi?

— Pouvez-vous conduire? Je suis fatigué.

— Bien sûr. Arrête et prends ma place.

— Non, mon lieutenant, je désirerais aller
m'étendre dans le command-car qui nous
suit.

— D'accord.

— Mon lieutenant.

— Quoi encore?

— Vous irez en Normandie, vous ne reste-

124

rez pas ici, vous n'irez pas en prison, vous irez en France. Comptez sur moi.»

Amar arrêta la jeep. Le convoi s'immobilisa. Amar, loin de s'étendre, prit la place du chauffeur du command-car et s'écarta rapidement du convoi. Le lieutenant le vit, fut d'abord surpris et prit le parti de ne rien dire. Amar atteignit Hull bien avant le lieutenant qui, harassé, et s'endormant au volant, dut faire une pause, tandis qu'une pluie fine tombait sur une route sillonnée par les camions militaires.

Amar se rendit au manoir vers quatre heures du matin. Il y rencontra dès l'entrée le jardinier, qui lui annonça que Lady Elizabeth venait de rentrer et qu'on ne pouvait la déranger. «C'est grave, dit Amar, très grave. Il s'agit du lieutenant.» Le jardinier revint, suivi de Lady Elizabeth. Amar déclara : «Madame, il ne faut rien dire sur ce qui s'est passé cette nuit.» Elizabeth contempla Amar, hésitant entre le mépris et la crainte. «Il ne faut rien dire», répétait Amar, comme un sourd, un automate, un idiot de village. «Il ne faut rien dire.» Le jardinier voulut expulser Amar, qui avait à l'épaule une carabine, *la carabine*. Elizabeth déclara au jardinier : «Laisse.» Elle était tout à coup dans une froide hystérie. «Il faut que tu saches, que tu dises à ton maître que vous serez tous les deux arrêtés avant midi. Vous n'irez plus en France.

— Vous ne devez pas dire cela, madame, observa Amar avec calme, parce que le responsable de la blessure infligée à votre ami, c'est moi. J'ai tiré sur lui avant que vous ne soyez sortie du souterrain. Pendant la dispute, comme le lieutenant avait le dessous, j'ai eu peur pour lui et j'ai tiré sur l'Australien.

— Je jure que vous serez arrêtés», répliqua, hautaine et calme, la fragile dame du manoir.

Elle ordonna au jardinier de faire venir le commissaire. Le jardinier s'enfuit avant qu'Amar ne pût s'interposer. Amar dit encore une fois, en tutoyant la châtelaine, comme pour marquer la gravité de l'avertissement : «Madame, ne fais pas de bêtise. Je suis seul coupable.» Elizabeth répondit avec mépris que les valets ne faisaient que ce que leur maître leur ordonnait de faire. A partir de ce moment-là, Amar ne sut plus ce qui lui arrivait. C'était comme s'il avait fumé ce chanvre qu'on appelle chez lui du kif, beaucoup de kif.

Il fit glisser sa carabine, l'arma, visa Elizabeth et tua celle qui avait régné sur les rêves de tout un camp. Comme un somnambule, Amar se rendit ensuite chez Marion Chambers, son amie. Il demanda qu'elle réveille son père. Il leur raconta toute l'histoire. «Je voulais m'accuser le temps d'un procès. Le temps de permettre au lieutenant de partir. Je voulais me faire passer pour un assassin. Maintenant, je suis vraiment un assassin.»

Le vieux professeur décida de tout prendre en main. «Il faut que je voie l'un de vos officiers, lequel?» Amar réfléchit et il dit: «Dechetrit, le médecin-capitaine.» Le professeur se rendit avec Amar au camp. Amar, dès le retour, se dit qu'il devait voir Hassid, le «père» du lieutenant. Hassid se levait à peine et se préparait, en prenant son thé chaud, au rassemblement. Amar lui dit que la belle dame était morte, que le lieutenant était sauf et que lui, Amar, ne pourrait plus les suivre en France. «Pourquoi dites-vous cela, caporal-chef Amar?» dit Hassid pour se donner à lui-même du courage. C'est la destinée, répondit Amar. Jusqu'à ce voyage, Dieu veillait sur nous. Depuis, Il nous a abandonnés. C'était écrit. Et puis, pour la première fois de sa vie, il douta que ce qui était écrit fût juste. Puis il se mit en prière, là où il devait être retrouvé par les officiers et par son meurtrier.

Le lecteur se souvient que nous avions laissé la division en Normandie. Et que le lieutenant L. avait été volontaire pour une action de déminage. Il n'était pas écrit que notre héros mourrait au cours de cette opération. Il en revint, accueilli par Hassid, qui osa l'embrasser en le revoyant. Le lieutenant avait perdu deux hommes. Le premier, qui avait présumé de son expérience, n'avait pas utilisé son détecteur avant de pénétrer dans le champ à déminer. Il avait sauté sur une mine antipersonnel. Sa jambe avait été déchiquetée. Tant d'accidents semblables étaient déjà survenus. «L'autre est mort bêtement, si bêtement», répétait le lieutenant. Après avoir déminé son secteur, ce jeune, très jeune soldat, si gai, si confiant, qui déminait en se jouant, en chantant sans cesse une rengaine de Rina Ketty, était retourné chercher un portefeuille

qu'il croyait avoir perdu à l'endroit qu'il estimait nettoyé. Une mine négligée lui explosa
au visage.

Le lieutenant L. retrouva sa fonction et sa
raison d'être. Il se porta, comme il convenait,
«volontaire pour toutes les missions», défiant
chaque fois davantage une mort qui, décidément, ne voulait pas de lui. Il finit par se
croire invulnérable. Le risque eut alors moins
de saveur. Il fut moins exalté, plus attentif. Il
pensa moins à son destin, davantage au sort
de ses soldats et aux enjeux de la guerre. Il re-
nonça à provoquer la mort avec l'idée que sa
seule justification en ce monde était désormais
d'être utile aux siens. Il eut des moments de
répit et même de rêverie. Une fois, pendant un
bombardement trop insistant qui faisait trem-
bler la terre sous ses pieds et qui déchirait ses
oreilles, il connut la peur. Cette découverte le
transforma. Il devint sentimental. Il se fit des
amis. Il se perdit.

Un jour, certains officiers qui jusque-là
étaient restés sur leurs gardes se risquèrent à
plaisanter sur ses aventures anglaises. Il
s'agissait en fait d'impertinents hommages.
Mais tout le sang du lieutenant L. se réveilla

comme jadis et il retrouva ses indistinctes fureurs. Il se rendit insupportable. On lui suggéra de demander son transfert dans une autre compagnie. Tous les officiers, le commandant en tête, pensaient que le lieutenant ajoutait une angoisse bien superflue à tous les autres problèmes et à tous les drames des combats. Hassid vint le voir le jour de son départ.

«Pourquoi partez-vous? Je ne serai plus là pour veiller sur vous.

— Je ne veux plus que quiconque veille sur moi. Cela n'a pas réussi à Amar.»

Le lieutenant L. se rendit compte qu'il chassait Amar de ses pensées. Il le chassait, ce qui veut dire qu'il était tout le temps là.

«Etes-vous arrivé à savoir qui a tué Amar?

— Oui, répondit le lieutenant. Oui, je le sais. Le père de Marion Chambers a tout reconstitué et il a tout écrit, hélas! au commandant.»

Le lieutenant rappela d'abord que le commissaire de Hessle se considérait comme son rival auprès de la châtelaine. Il dit que ce même commissaire savait tout sur son duel à Londres; qu'il était arrivé au manoir pour ne plus voir que le corps inanimé de Lady Elizabeth. Le commissaire décida alors de tout faire pour obtenir, avant le débarquement de la 2e DB en France, l'arrestation du «vrai» responsable de la mort d'Elizabeth. Il n'avait que faire de ce caporal Amar qui s'accusait. C'est la tête que voulait le commissaire, non le bras. Il voulait poursuivre le lieutenant L., déjà coupable d'une tentative d'homicide sur la personne d'un colonel australien. Se contenter de l'arrestation d'Amar, c'était permettre au lieutenant de partir. Il fallait les piéger tous les deux. Le stratagème exigeait quelques heures. C'était compter sans le jardinier, déjà rendu dément par le meurtre de sa *dame des fleurs*, qui ne put supporter que le commissaire refusât d'arrêter Amar sur-le-champ et prit alors la décision de punir lui-même l'assassin. C'est bien le jardinier qui, juché sur un arbre, dans ce parc dont il connaissait tous les recoins, abattit le caporal Amar, avec la carabine du lieutenant.

Son récit terminé, le lieutenant L. s'éloigna, la tête un peu lourde, pour prendre sa jeep. Ai-je dit que son regard au bleu trop transparent lui donnait parfois l'air d'un aveugle? Il ne vit pas un camion arriver sur lui à toute allure. Il sembla, au surplus, ne rien faire pour l'éviter. C'est ainsi que le lieutenant L. est mort à vingt-quatre ans, en Normandie, devant son «père adoptif», l'adjudant syrien de rite grec orthodoxe, Hassid, tandis que les Allemands tenaient la poche de Caen et après que Leclerc fut entré la canne à la main dans Alençon. Il faisait très beau ce jour-là dans la Normandie libérée, dévastée, endeuillée. Peut-être encore plus beau qu'à Hessle, le jour du double meurtre. Malgré la puanteur des cadavres dissimulés, les jeunes filles étaient court vêtues et elles chantaient.

«Suis-je bien en France?» s'inquiéta le lieutenant avant de mourir. Hassid le rassura. Au moins n'avait-il pas raté cela. Mais ce jeune homme mourut avec l'impression qu'une promesse du destin n'avait pas été tenue et qu'on lui devait quelque chose. Aucun prêtre n'était là pour lui dire que peut-être, dans l'au-delà... Il fut cité à l'ordre de l'armée et ses parents, qui avaient entre-temps renié Giono, Manosque et le pacifisme, furent, selon la formule des avis de décès dans les journaux de l'époque, *fiers et inconsolables*.

Dechetrit, qui ne tenait à rien, devint

compagnon de la Libération avant de mourir
en Alsace, non loin du petit village où les parents de sa femme, juifs alsaciens, étaient
enracinés depuis le XVIIe siècle. Il lui fut ainsi
épargné d'apprendre qu'aucun des membres
de sa famille n'avait survécu à l'occupation
nazie. Hassid, qui obtint la médaille militaire
pour ses faits d'armes en Allemagne, ne se
consola jamais d'avoir laissé Amar prendre, en
se sacrifiant, sa place dans le cœur du lieutenant L. Marion Chambers découvrit la Ka-
bylie en visitant la famille d'Amar. Elle y est
encore, je crois...

— III —

L'AMI ANGLAIS

Pour moi, le passé n'est jamais revenu que la nuit. Il se déguise alors ? A peine. Dans cet avion qui me ramène du Vietnam, je rêve que je suis dans un désert, en Tripolitaine, pendant la guerre.

Je suis dans un campement. Alentour, tout est sec. Tout est brûlé. J'ai chaud. Je suffoque. Je transpire. Je suis en eau. J'ai la gorge sèche. J'ai soif. Je lèche mes bras. Je tire sur la corde d'une douche de campagne. Rien ne sort du pommeau. Je tire encore et encore. Je finis par casser la corde.

J'aperçois un homme dans la douche voisine. Il tire avec calme sur sa corde et, lui, voit se déverser tantôt une eau limpide comme les cascades de montagne au dégel, tantôt un liquide blond, généreux : de la bière. Je regarde mon voisin : c'est moi-même.

C'est sur moi que se répand l'eau ; puis la bière. J'ouvre grand la bouche. J'absorbe, je m'inonde, je bois sans m'arrêter. Je prête mon corps à ce baptême et je creuse mon ventre pour que la mousse y repose. Je suis transporté en cet autre qui me ressemble tant. Les deux images se recouvrent, puis se fondent. Je ne peux plus me voir maintenant que je ne suis qu'un.

Je suis comblé dans ce corps de jeune homme retrouvé. Je remercie les dieux. Un nouveau jour se lève avant le soleil. *«Bliss was it in that dawn to be alive.»* C'était une grâce de se sentir vivant en cette aurore. J'ai, en même temps, mon âge d'aujourd'hui et celui de cet adolescent faiseur de pluie. Je suis un homme dans son triomphe et sa continuité. En me contemplant, les êtres que j'aime me protègent de leur approbation. Parmi eux, je vois un ami et une femme qui me furent chers lorsque «notre seule jeunesse nous était paradis». Soudain, en un éclair, tous trois nous nous décomposons dans l'espace : l'avion traverse une zone de *turbulences*.

Ce qui s'amasse le jour s'éternue en rêve, disait mon manuel de psycho citant un proverbe évidemment chinois. Dit autrement : on fabrique le jour du passé, qui revient pendant le sommeil sous forme de bandes dessinées. C'est la nuit qui est la chose la plus importante de cette observation. Pas le rêve, ou le sommeil : la nuit. Je n'ai pas besoin du rêve pour m'immerger dans mon passé. L'obscurité me suffit. Le silence et la solitude qui accompagnent l'obscurité.

Je n'ai d'ailleurs jamais eu l'impression que mon passé était *derrière* moi, comme un fardeau ou comme un socle. Ni le baluchon du vagabond, ni la terre ferme du pèlerin. Je n'ai cessé de le chasser, comme le vent chasse les nuages : en le poussant devant moi. En sachant que s'il est plus loin, il est toujours là. On le croise, on le rattrape, on l'abandonne, on tourne autour de lui, on l'enveloppe, et il nous entraîne jusqu'à nous donner la main. Qu'importe! On conserve avec lui ce lien éternel et absent. Puis soudain, le voilà qui enfle, se dilate, se densifie pour devenir cette masse brunâtre, champignonneuse et nucléaire. Cette nuit-là, dans cet avion, juste après mon rêve de bonheur, le vent et moi avons rencontré cette masse de nuages immobiles qui barre la route de sa farouche obscurité. Une nuit où cet avion nous a ramenés, le vent et moi, d'une Asie où le passé s'était perdu dans mes refus, mes reniements, mes présomptions. Mais voici alors qu'apparaît l'instant irréel et pourtant illuminant où tout ressuscite. Dans le corps de cet avion, oiseau ivre ballotté par la tempête, se réfugient alors les êtres qui se sont éloignés, que nous avons quittés, qui ont disparu, emportant une partie de nous-mêmes, nous amputant, nous mutilant, et qu'il faut s'empresser de rejoindre pour redevenir enfin, et fût-ce un instant, entier.

*
* *

Donc, en rentrant du Vietnam après un long périple en Asie, je trouve une lettre de Gavin Gale :

« Lorsque tu liras ces mots, je ne serai plus, comme on dit, de ce monde. Je l'aurai volontairement quitté. Pour des raisons dont certaines seront pour toi évidentes, je considère que mon aventure ici-bas est terminée. Deux êtres cependant auraient pu m'empêcher de disparaître : Gwenaelle et toi. Gwenaelle est morte. Il y a longtemps que je n'existe plus pour toi. Donc, tout est simple.»

C'est ainsi que j'apprends le *suicide* de Gavin. Car sa mort, elle, je l'ai prévue, pressentie, préfigurée, pendant la dernière étape de mon voyage. Une étape jalonnée de signes annonciateurs, qui a duré dix-neuf heures, dans un avion qui me paraît, en ce moment encore, fantomatique. Il y eut d'abord, on l'a vu, mon rêve.

Il y eut ensuite cette jeune hôtesse qui avait assez d'usages pour faire croire à chacun des passagers qu'elle le reconnaissait. Et qui m'a aussitôt donné la certitude que je la connaissais. Quelques moments plus tard, j'appris qu'elle se prénommait Gwenaelle. Elle avait, de plus, le même comportement que la femme de Gavin Gale.

Il y eut encore, après l'escale de Bangkok, après mon rêve, cet orage, interminable, qui plongea la carlingue dans une obscurité traversée d'éclairs. Avant de devenir inquiétantes, les fulgurances furent somptueuses. Puis, les secousses se sont succédé, de plus en plus brutales et rapprochées, tandis que

141

l'avion s'évertuait en vain à s'élever au-dessus des nuages. Les lumières individuelles s'éteignirent. Le silence des passagers ne fut interrompu que par les stridences des cris d'enfants. Depuis plus d'un quart d'heure, la tempête ne donnait aucun signe d'apaisement. Ma voisine, tremblante, se mit à délirer. Toutes les inquiétudes étaient permises. Je ne me privai d'aucune. Pendant les trous d'air, je négociais avec les dieux le prudent échange de mes péchés véniels contre une accalmie. Et je me pris à augmenter de plus en plus la mise. Je vis de loin ma jeune hôtesse adossée à la cabine de pilotage, sanglée dans sa ceinture de sécurité, et qui semblait m'adresser un impassible sourire. En la regardant, si droite, au milieu de ces déchaînements, j'eus l'impression d'affronter mon passé. Cette partie de ma vie, en tout cas, liée à Gavin Gale, mon ami anglais.

Il y eut enfin cette conversation si étrange avec le commandant de bord. L'avion finit par se stabiliser. Nous avons vu réapparaître la lumière dans la cabine et quelques morceaux de ciel par les hublots. Les enfants se turent et la vie a repris, c'est-à-dire que les adultes, pour

142

exorciser la mort qu'ils avaient peut-être risquée, se sont mis à s'inquiéter de la possibilité
qu'il leur restait d'être en temps utile à leurs
rendez-vous d'affaires. L'hôtesse est venue me
voir, toujours elle, toujours Gwenaelle, pour
me dire que le commandant de bord m'invitait
à passer de la classe « touriste», où je me
trouvais, en première classe, et qu'il me rejoin-
drait pour s'entretenir avec moi. Il me connaissait donc? Davantage. Il me réservait une
surprise. Tandis qu'elle me conduisait à ma
nouvelle place, je lui demandai si, comme moi,
elle avait eu peur. Oui, répondit-elle d'une
voix calme, mais seulement au commencement de la tourmente. Elle croyait à une
certaine magie. A Mexico, dans le village dit
des voleurs, elle avait pris le risque d'acheter
une opale noire, qui brillait de mille feux, et
dont le marchand lui-même avait dit qu'elle
pourrait porter malheur à certains étrangers
trop incroyants. A peine l'orage avait-il
commencé qu'elle s'était débarrassée de
l'opale, et elle avait attendu ensuite avec
confiance que le calme revînt.

Le commandant vint donc s'asseoir auprès
de moi. Il m'a aussitôt demandé si l'hôtesse

m'avait raconté son histoire d'opale. En souriant, il me dit qu'on pouvait très bien ne pas croire à ces superstitions mais que les aviateurs n'y étaient pas tous insensibles. Puis il m'a dit que nous ne nous connaissions pas, mais qu'il avait, pour communiquer avec moi, un mot de passe : Sabratha. C'est un nom qu'on n'avait pas prononcé devant moi depuis des lustres. Du moins avais-je refusé de l'entendre ou de m'y attarder. Je l'avais poussé devant moi. Comme le passé, comme les nuages. C'était le nom du camp libyen entre Tripoli et Laeptis Magna, où la division Leclerc s'était regroupée en 1943. Mais comment ce jeune commandant pouvait-il évoquer ce lieu avec tant de complicité ? Pour ses oncles, pour ses aînés, pour ses amis, c'était l'endroit où tout avait commencé. Or, j'en étais et, sans le savoir, je faisais donc partie des siens. Chaque fois qu'il m'était arrivé de prendre une position publique discutable aux yeux de son milieu, j'avais bénéficié, selon le commandant, d'une indulgence particulière parce que j'étais « de Sabratha ».

Le commandant fut surpris que cette évocation me parût si lointaine, ou plutôt que j'en parusse si éloigné. Il s'agissait d'une vie antérieure, et j'avais plus ou moins rompu avec elle. Je n'avais jusque-là jamais parlé de « ma » guerre, d'ailleurs trop occupé à parler de la guerre des autres, de toutes les guerres présentes. Je contemplais cet être qui s'intéressait à un passé qui n'était pas le sien avec une curiosité si attentive. Il était carré, massif, avec d'épais sourcils blonds qui recouvraient presque des yeux verts dont la lumière semblait chercher à se frayer un chemin. Il me demanda si la Méditerranée était toujours mon ancrage et ma référence. Je fuyais depuis longtemps cette question. Je lui dis que pendant toutes ces années je m'étais senti de plus en plus européen et que pour m'enraciner davantage en Europe j'avais appris l'allemand. Aussi peut-être pour lire Kafka dans le texte. Je me suis mis à lui parler longuement de l'Allemagne. Un Tchèque anti-allemand m'avait sans le savoir persuadé que sans la germanité, sans Goethe et sans Mahler, l'humanité serait infirme. Je sentis que je le décevais. Nous parlâmes alors de l'Asie, qu'il connaissait bien. En me quittant pour rejoindre son équipage, il me dit : «Sabratha,

145

c'était tout de même quelque chose.» Pour moi, c'était d'abord Gavin Gale, mon ami anglais.

Il y a si longtemps que je n'ai vu Gavin. Si longtemps que je n'ai eu, directement au moins, de ses nouvelles. Sauf une fois, lorsqu'il m'a annoncé la mort de Gwenaelle, sa femme. Les premières images, les souvenirs les plus vifs qui m'assaillent dans cet avion, datent de 1945 : oui, Gavin avait bien, nous avions tous alors, cette allure dégingandée, élégante, désinvolte, tourmentée des jeunes gens de la Libération. Survivants de la barbarie! Contemporains de la bombe atomique! Amateurs complaisants des *moi-jeté-dans-le-monde*! Conquérants des idées pures et des plaisirs troubles, avant de devenir disponibles pour tous les engagements dans toutes les causes. Mais je décris là des jeunes Français. Gavin, lui, mon ami, n'en revenait pas d'être sorti indemne de la guerre. Il avait perdu une partie des siens, morts sous les bombardements de Coventry. Il était fier de son pays, un peu dédaigneux du mien. Il n'arrivait pas toujours à le dissimuler.

D'autres souvenirs remontent, eux, à 1957.

Ils nous évoquent Gavin et moi, mais aussi David, à New York. David est un ami d'enfance. Je l'ai connu bien avant de connaître Gavin. Nous avons fait parfois un trio; comme à New York. Il y en avait toujours un pour être jaloux de l'amitié des deux autres. En dix ans, nous n'avons pas tellement changé. Un peu mieux habillés, peut-être, un peu plus soignés et aussi un peu plus épanouis. Emerveillement classique à Manhattan. Je me souviens de ce premier voyage à trois aux Etats-Unis, quand le compositeur Nicolas Nabokov, cousin de Vladimir, le romancier, et qui distribuait depuis Paris les bourses de la fondation Ford, nous adressa à un violoniste israélien, dont les parents tenaient un hôtel dans la Troisième Avenue, *The Dryden East.* Nous découvrîmes les Etats-Unis avec, dans la tête, tous les héros du cinéma américain. Tous les danseurs surtout. Dans notre panthéon avoué il y avait, régnant sans partage, Greta Garbo. Mais dans notre mythologie secrète, Fred Astaire, Cyd Charisse, Eleanor Powell comptaient autant que Melville (pour Gavin), Faulkner (pour David), Hemingway (pour moi). L'ambiance était excitante, remplie de truculences et de dérisions bohèmes. Des artistes juifs, des immigrants russes, quelques intellectuels anglais ne s'arrêtaient de boire que pour travailler en buvant. Avec David et Gavin nous étions heureux. Nous disions dans les années 50 qu'il n'est de vrai au monde que Deia De Palma, Tanger, Sidi Bou Saïd, Montparnasse, Amsterdam et le Berlin d'après-guerre, toutes les décadences triomphantes. Cet hôtel new-yorkais était la synthèse rêvée de tous les autres lieux. Souvenir flash : ce bar, le Gatsby's, face au gratte-ciel des Nations unies, où nous allions boire sur le piano-jazz d'un chanteur, en écoutant *The Man I love*. Nous étions si complices alors, tous les trois. Si européens dans notre euphorie américaine. C'est dans ce bar que nous fîmes la connaissance de Beverly, une romancière, Irlandaise d'origine, qui connaissait toutes les boîtes de jazz d'avant-garde et qui s'inséra sans histoire dans notre groupe. Nous lui fîmes tous une cour distraite. Elle sut résister à chacun et nous lui en sûmes gré. Gavin et David étaient immenses. Je n'étais que grand. Je portais alors des lunettes mal ajustées. Je conserve le souvenir du regard de

Gavin au moment où ce dernier gagna une course que nous nous étions amusés à faire sur la Première Avenue, le long de l'East River, par une nuit claire d'été indien. Dès qu'il s'agissait d'un domaine purement physique, Gavin acceptait mal d'être surpassé. J'aime ce souvenir du trio que nous formions.

J'étais, depuis deux heures, réinséré dans ma jeunesse, lorsque le commandant de bord est revenu près de moi. Nous étions au milieu de la nuit et tout le monde dormait dans l'avion. D'instinct, nous avons murmuré plutôt que parlé. La pénombre y invitait, provoquant des aveux et des bilans qu'on ne saurait concevoir à haute voix. Il a été amené à me confier qu'il traversait une crise religieuse et que c'était, d'ailleurs, répandu autour de lui. «Peut-être la fin du siècle, qui est aussi la fin du millénaire, provoque-t-elle de telles interrogations?» a-t-il observé pour ne pas trop se prendre au sérieux. En tout cas, il lisait tout sur le premier siècle de notre ère, ce siècle où tout a commencé. «Avant, j'étais enclin à penser que Dieu avait été plutôt vicieux en choisissant le peuple juif pour s'incarner, désignant ce peuple à notre vindicte pendant

149

la semaine sainte. Aujourd'hui, j'en arrive à me dire que sans les juifs, nous n'aurions peut-être pas eu Jésus et, depuis, je ne les vois plus de la même façon. Nous sommes leurs débiteurs.»

Je ne suis pas sûr que mon ami David, si libre qu'il fût à l'égard de son Dieu, eût apprécié que l'on réduisît ainsi le judaïsme à la seule mission d'engendrer le christianisme. Mais cet aviateur était mon homme. Je n'étais plus pratiquant, il savait que ma famille était catholique, il me fit parler de mes origines. Le bruit avait couru, à Alger, que l'un de mes ancêtres républicains avait supprimé la particule d'un nom qui était porté par la dynastie des barons de Vialar, arrivés en 1832, donc deux ans seulement après la Conquête, sur le bateau du maréchal Clauzel. La sœur de David et plus tard la mère de Gavin furent heureuses de *fréquenter*, comme on disait, chez une baronne héritière d'une branche qui avait conservé son titre de noblesse. Je n'ai jamais su avec certitude si je descendais de cette ancienne famille. Ce qui était sûr, seulement, c'est que mes Vialar étaient en Algérie depuis 1848.

Il m'a demandé en quoi mon regard sur le monde avait changé. Je me suis entendu lui répondre que mes curiosités n'avaient jamais été aussi aiguisées, mais que mes passions n'étaient plus les mêmes : «J'ai passé ma vie à croire que les hommes étaient mus par l'intérêt, puis par la vanité. Je sais maintenant que ce qui les fait agir, ce sont les pulsions d'amour, de mort et d'absolu.» Encore une fois, on ne peut dire des choses comme celles-là qu'en murmurant, la nuit, à un inconnu. Le commandant m'a demandé alors si je me sentais toujours aussi engagé dans ce qu'on appelle les grandes causes. J'ai compris qu'il voulait me faire parler de l'Algérie, des Arabes, du tiers monde, des colonisés. Je répondis que les hommes en cette fin de siècle paraissaient davantage prendre plaisir à s'entre-tuer qu'à servir les causes pour lesquelles ils meurent et ils tuent. Et puis, je me suis aperçu que je reprenais ainsi une conversation, interrompue des années auparavant, avec Gavin Gale.

C'est à cet instant que j'ai eu la certitude que Gavin était mort. Cette évidence me précipita dans un voyage en moi-même d'où toute tristesse était exclue. En rentrant à Paris, après avoir lu le mot qui confirmait sa mort et qui m'apprenait son suicide, je me suis dit que je lui devais ce récit. Une façon de lui parler encore, puisque sa dernière pensée a été pour moi. Une façon, aussi, de me rappeler à moi-même pourquoi Gavin, un jour, il y a longtemps, a cessé d'exister pour moi, alors que je lui avais sacrifié tant de choses — et quelques êtres.

*
* *

J'ai connu Gavin en 1936, près de Londres, à Ealing University, où nous étions tous les deux les très jeunes hôtes de l'International Friendship League. Cette association était l'une de celles, nombreuses, qui se réclamaient de la *Fabian Society*, laquelle, au début de ce siècle, réunissait de grands écrivains ou intellectuels comme George Bernard Shaw et Sidney Webb. Ce club, c'en était un, préconisait un socialisme hautement moral et idéaliste qui entendait opposer Stuart Mill à Marx, peu avant la création du Labour Party. Gavin était de ces jeunes gens censés nous recevoir en s'adressant à nous en français, tandis que nous devions leur répondre en anglais. J'étais curieux de toutes les choses anglaises, formé que j'avais été, non seulement par la lecture d'André Maurois puis d'Aldous Huxley mais, au lycée d'Alger, par un professeur snob, efféminé, qui s'enchantait de son propre accent oxonien, mais qui n'en était pas moins un merveilleux pédagogue et conteur. Anglophone, anglophile, anglomane et bien sûr «fabien», ce professeur tenait Londres pour la capitale du monde et il estimait qu'on ne pouvait pas la connaître vraiment si on n'avait lu les journaux intimes de Samuel Pepys et de James Boswell dont il nous a fait traduire maints extraits. Notre professeur avait aussi une référence obsessionnelle : l'école dite *euphuistic*. Nous avons fini l'année en connaissant tout de John Lyly, d'Edward Blount et de George Pettie, en pensant que c'était un passage obligé vers toute connaissance de la littérature anglaise. Nous ignorions alors que rares étaient ceux, y compris en Angleterre, et au moins dans les milieux non universitaires, qui pouvaient dire en quoi consistait l'*euphuism*, nom donné à une école littéraire à la fin du XVIe siècle.

153

La visite de Londres était organisée de manière méthodique. Bien sûr, les héritiers de la Fabian Society ne pouvaient faire moins que de prolonger la halte au Parlement de Westminster, pour nous sermonner, avec un sérieux à peine corrigé d'humour, sur les origines de la démocratie. Toutes ces visites se terminaient par celle non moins classique du château de Windsor. Et c'est là qu'un jour, dans la chapelle Saint-Georges, sous les portraits des rois Tudor, Plantagenêt, Stuart, etc., j'ai entendu un Anglais se livrer, en s'adressant à deux jeunes Françaises, à des commentaires espiègles et iconoclastes aux dépens du guide qui pérorait. Elles étaient ravies; lui était stimulé par son succès auprès d'elles. Pourquoi ai-je été aussitôt impatienté? Je me suis mêlé à leur groupe. Nous avons échangé des humeurs. Je fus séduit à mon tour. Au bout d'une semaine, les deux Françaises et moi étions amoureux de lui. Pas de la même façon, bien sûr. On ne sait plus dans ces cas-là quel mot il faut employer. Au début de l'adolescence, l'amour est parfois asexué. J'étais moi aussi bel et bien amoureux, à la condition de préciser, comme Doña Elvire à Don Juan,

154

que le sentiment y était *purgé de tout commerce des sens*. Même ainsi formulé, je n'en eusse pas convenu. On eût brisé les reins d'un Méditerranéen comme moi, à l'époque, plutôt que de le lui faire admettre.

A ma place, ici, David ferait une citation de Stendhal — ou de Proust. Mais quand, après tant d'autres, me délivrant de tout bagage, je tente de définir avec fraîcheur le sentiment amoureux, je trouve plus souvent la réponse dans les chansonnettes que chez les romanciers moralistes : l'inquiet espoir de rencontrer l'être convoité aimante et illumine chaque seconde. On vit ailleurs, en quelqu'un d'autre, dépendant de lui et dépossédé de soi-même. Rien n'est plus indifférent; tout revêt la plus vive couleur. Au point qu'on se demande quel misérable intérêt peut garder une vie que ne domine aucune tension amoureuse. Le soir, quand on se retrouve seul, dans son lit, avant de s'endormir, et que les mains derrière la nuque, le regard perdu vers un plafond que l'on ne voit plus, on tente d'évoquer son visage, on arrive à se souvenir de chaque trait mais on échoue à en reconstituer l'ensemble. On enrage de ne pas retrouver l'expression qui ressusciterait l'émotion amoureuse. On s'endort dans les brumes de la frustration. Et puis en rêve, on retrouve enfin toutes les représentations de l'amour transfiguré, en visages superposés identiques et différents.

Peut-être, cependant, les chansonnettes ne disent-elles pas combien on finit par imiter celui qu'on aime. J'imitais Gavin en presque toute chose. Je pratiquais la litote, qui était pour lui l'*understatement.* Je disais après chaque phrase qui m'était adressée : *«Really?»* ou *«Are you certain?»* J'avais l'hésitation calculée et je bridais toute émotion. Je m'arrangeais pour avoir le cheveu fou, le pantalon un peu froissé, mais la mise impeccable. Au bout du Pier, à Brighton, ville où nous nous étions rendus après avoir séjourné à Ealing, il y avait un casino, et la promenade se terminait chaque fois par une proposition de Gavin d'y aller danser. J'ai fini par le proposer avant lui. Je savais très bien danser. En fait, beaucoup mieux que Gavin. Mais j'imitais ses gaucheries qui semblaient avoir aux yeux des autres tant de grâce. Je redoutais que mon art parût être celui d'un garçon coiffeur qui fréquente les bals de sous-préfectures, tandis que sa maladresse évoquait la distraction d'un gentilhomme qui daigne s'encanailler. Une tante disait de l'un de mes amis : «Ce jeune homme danse *trop* bien. Il est vulgaire.» Gavin, fidèle à sa Fabian Society, prenait plaisir à choquer nos amies tellement réactionnaires! Ghislaine allait jusqu'à porter, en médaillon, le portrait de celui que *le Canard enchaîné* de l'époque appelait le *colonel-comte-Casimir-de-La-Rocque.* C'était le chef des Croix-de-Feu qui, en ce temps-là, mobilisait des anciens combattants fascisants, mais qui devait finir dans la peau d'un résistant antiallemand. Gavin injuriait copieusement Franco et les siens, et faisait un éloge lyrique des poètes Lorca et Alberti, comme de tous les républicains espagnols. Il disait ne rêver que de les rejoindre. Je surenchérissais avec zèle. Je m'inventais des ancêtres communards, sans peut-être mentir tout à fait. En tout cas, pour ma part, disais-je, je n'excluais pas de me trouver bientôt à Madrid, dans les Brigades internationales. Je découvris pourquoi le terme de courtisan pouvait s'appliquer aux amoureux et aux flagorneurs. Il définit l'attitude de celui qui, par souci de plaire, s'efforce de devancer les désirs de la Belle ou du Prince.

Le séjour en Grande-Bretagne se termina. J'avais fini par flirter avec Ghislaine, qui était elle-même amoureuse de Gavin. Je la désirais tandis que nous dansions aux sons du slow *Smoke Gets in Your Eyes*. Vanina, l'amie de Ghislaine et compagne supposée de Gavin, s'intéressa à moi. Elle était farouche, cultivée, superstitieuse, s'évertuant à dompter ses racines siciliennes par une sorte de dignité bourgeoise. Elle avait aussi cet air grave des êtres habitués à ne compter que sur eux-mêmes : une beauté intérieure et bridée. Personne ne sut quels étaient les vrais sentiments de Gavin. Vanina, voulant me faire plaisir, et se faire mal, me dit qu'il avait un faible pour moi. J'embarquais pour la France avec Vanina et Ghislaine. Gavin resta dans son pays. Nous étions émus. Nous étions si jeunes. Nous n'avions pas encore seize ans.

A Paris, Vanina, Ghislaine et moi avons rencontré David. Je n'ai pas encore dit que David était un être altier et ténébreux, dont le désenchantement apparent dissimulait de fortes convictions. Long, mince, efflanqué —

comme dirait un prêtre de ma famille, c'était *un esprit embarrassé par son incarnation*. Entre Vanina et lui (ou plutôt entre lui et Vanina ?), ce fut un vrai *coup de foudre* : j'ignorais, jusqu'à eux, que cette expression correspondît à une réalité. Dès la première minute, David décida que Vanina serait *la femme de sa vie*. Vanina paraissait surtout bouleversée par le dévastateur amour qu'elle provoquait. Elle y consentit avec une tendre reconnaissance, me signifiant parfois par des regards que je ne faisais rien pour l'en détourner. Après la guerre, ils se sont retrouvés. Une grande histoire de fol amour, et que Vanina devait évoquer, lorsqu'elle devint dramaturge, dans l'une de ses pièces. Souvent, je devais me dire que j'étais passé à côté d'une vraie nature, un personnage tout en curiosité et en force, auquel la Sicile natale donnait du mystère et de la violence. David devint son amant avant de devenir médecin, son époux ensuite.

Je m'en revins seul dans mon Algérie française, si française en ce temps-là, quand j'y pense. Un jour, Gavin observa que, tout de même, j'étais né dans un pays arabe. Je le scandalisai en lui répondant, le plus sincèrement du monde, que c'était à peine le cas. De fait, pour moi, cela ne l'était pas. Dans ma famille, dans mon collège, dans mes lectures, dans mes rêves. Mes aïeux avaient sans doute connu un pays totalement arabe, mais ils l'avaient eux-mêmes façonné, et je n'y pouvais rien. Je partageais avec mes amis arabes un attachement viscéral à la terre algérienne. Mais ils parlaient tous français. Lorsqu'il leur arrivait d'injurier la France, c'était au nom de sa Révolution, et je les approuvais. Grâce à David, qui m'avait fait lire la série d'articles d'Albert Camus dans *Alger républicain* — un quotidien qui n'entrait jamais chez mes parents —, j'avais fini par trouver scandaleuse l'injustice dont les Arabes étaient les victimes. Mais, bien que mon père fût plutôt monarchiste, je comptais sur la République pour leur procurer les réparations éclatantes qui leur étaient dues. Quant à la famille de David, mon ami d'enfance, il fallait faire un effort pour penser qu'elle était juive algérienne, tant on respirait chez elle ce qu'il y a de plus spontané, de plus naturel dans les sentiments et les idées que je ressens comme Français. Dans notre famille, disait ma très catholique de

mère, on a curieusement oublié d'être anti-
sémite. Pourtant, répondait mon oncle qui ne
laissait jamais passer une occasion d'être anticlérical, «ce n'était pas faute d'avoir eu des
prêtres!»... Mais, je le dis encore, en dépit de
tout ce qui s'est passé, en dépit de la force qui
devait se révéler prodigieuse du nationalisme
algérien, il y avait bel et bien des îlots de
France en Algérie, et j'avais vécu dans l'un
d'entre eux. De retour dans ma petite patrie,
j'ai certes idéalisé l'Angleterre, mais je me suis
réinséré comme d'habitude dans ma France.

Pendant plusieurs années, je n'ai pas eu de
nouvelles de Gavin autrement que par deux
cartes postales, l'une m'informant qu'il avait
été admis à Oxford, au All Souls College, où
Thomas Edward Lawrence avait écrit les *Sept
Piliers*; l'autre pour me demander si je pouvais lui procurer le poème que Vanina nous
avait appris à Londres et qui contenait quatre
vers qui l'enchantaient :

> *«Ma songerie, aimant à me martyriser*
> *S'enivrait savamment du parfum de tristesse*
> *Que même sans regret et sans déboire laisse*
> *La cueillaison d'un rêve au cœur qui l'a cueilli.»*

Cet Anglais s'émerveillait qu'on pût s'enivrer de tristesse, comme Mallarmé le faisait dans son *Apparition*.

Six longues années après, un beau jour du printemps 1943, pendant la guerre, je me suis retrouvé en Tripolitaine, sur une route bombée, sans bas-côtés, et où les camions qui venaient en sens contraire se disputaient de manière meurtrière la priorité. Nous étions, avec une dizaine d'autres soldats, entassés dans un véhicule qui arrivait à toute vitesse dans un sens, Gavin était transporté dans l'autre à la même vitesse. L'accident était inévitable. Il n'y a pas eu mort d'homme. Seuls les chauffeurs, d'ordinaire protégés, ont été sérieusement blessés. Nous avions les uns et les autres des contusions. On nous a transportés dans un hôpital britannique de campagne. Nous nous sommes retrouvés côte à côte, Gavin et moi, dans deux lits voisins, vêtus des mêmes uniformes de l'armée anglaise, trop émerveillés du miracle de nos retrouvailles pour être expansifs. J'étais ému.

162

Je me gardais bien de le montrer. Gavin paraissait amusé. Il le manifestait. En dégustant le porridge et le bacon que des infirmières aux bras nus nous dispensaient avec prodigalité, nous nous sommes mis à évoquer nos amies étudiantes de Ealing et de Brighton. Vanina, intense, lumineuse, dotée, ajouta Gavin, de seins tendres et laiteux. Ghislaine, séduisante, organisée, haut juchée, ai-je précisé pour n'être pas en reste, sur des jambes tentantes. Elles avaient des chapeaux Directoire, qu'on appelait à Paris des « suivez-moi jeune homme», parce qu'ils étaient pourvus d'un ruban qui flottait sur le cou. Elles vivaient à Tournus, près de la cathédrale que j'appris plus tard à admirer. Avait-il eu des nouvelles? Souvent, mais il ne se souvenait pas d'avoir répondu. En avais-je eu? Quelquefois, et j'avais écrit, moi, à toutes les deux, avec assiduité.

Gavin appartenait à l'armée de Montgomery. J'avais rejoint la division Leclerc. Nous n'étions pas mécontents tous les deux d'en faire état, avec une distraction feinte, en baissant la voix et en regardant ailleurs. Il faisait si chaud et j'avais si soif. Gavin me dit qu'il fallait boire chaud pour se désaltérer. A la façon dont je refusai de partager son goût pour le thé bouillant par plus de 50 degrés à l'ombre, je vérifiai que ma passion pour lui n'était plus tropicale. Je lui montrai des photos de nos deux amies de Brighton. Ghislaine s'était mariée juste avant la capitulation. Elle me l'avait écrit. Je m'étais inventé un désespoir complaisant, accompagné de quelques promenades solitaires et de quelques poèmes verlainiens. Ghislaine disparut de notre vie. C'est avec Vanina que j'avais eu une vraie correspondance, en dépit du fait qu'elle me parlait beaucoup de David. Gavin s'étonna qu'on pût écrire si longuement, *au lieu de vivre.* Il me raconta ses exploits sportifs à l'université. Il avait donc été admis à Oxford. Il m'était reconnaissant de ma familiarité avec la littérature anglaise, lui qui ne pouvait citer de la France que Maupassant et... André Maurois. J'en remettais. Je lui disais que Ghislaine m'avait fait penser à une héroïne, tantôt de Jane Austen, et tantôt de Rosamund Lehmann; Vanina à Elizabeth Browning elle-même. Pour Gavin, j'hésitais jusqu'au jour où je tombai sur une photographie de Lawrence (d'Arabie) jeune. Un front large, qui déjà

donne de l'ascendant; des sourcils blonds et
fournis, qui encadrent des yeux clairs dont le
regard est à la fois candide et halluciné; un nez
fort, à peine busqué, aux narines bien ou-
vertes; une bouche presque trop bien dessi-
née, avec une lèvre supérieure sensuelle et une
lèvre inférieure méfiante, qui domine un men-
ton accusé. C'était le portrait de Gavin. Il faisait si chaud sous les tentes de cet hôpital.
L'évocation de la Grande-Bretagne était déli-
cieuse. Nous rêvions de pelouses humides, de
campagnes verdoyantes et surtout d'immenses chopes de bière, débordant de mousse. Je
guéris trop vite de mes égratignures. Je regagnai notre camp d'instruction. Au bout de dix
jours, je contractai, comme la plupart des
Français, une dysenterie amibienne, parce
qu'au lieu de boire du thé bouillant, et en dépit des interdictions, nous nous étions abreu-
vés aux puits que les Italiens avaient em-
poisonnés en se retirant. Gavin réussit à me
fournir des médicaments à base d'*entérovio-
forme*, que les Français n'avaient pas encore
reçus. Notre médecin nous faisait avaler de la
poussière issue de morceaux de charbon qu'il
nous fallait broyer en faisant rouler sur eux

des bouteilles enveloppées de torchons humides. Grâce aux médicaments de Gavin, moi-même et tous les Français avec lesquels j'avais pu les partager guérîmes plus tôt que ceux qui n'absorbaient que le charbon broyé. Nos campements étaient proches. Gavin venait me chercher chaque fois qu'il y avait dans le sien une compétition sportive, assuré qu'il était d'y être vainqueur, désireux que j'en fusse le témoin. Ne suis-je pas imbattable au saut en hauteur, demandait-il en feignant de se moquer de lui-même — *«You certainly are. — Really? — Really.»* Il nous arrivait tout de même de parler de la guerre. Il évoqua moins les pertes effroyables de son unité que les bombardements allemands sur les villes anglaises. Le seul moment peut-être où il ne se souciait pas de dissimuler son émotion. Il n'eut pas beaucoup de peine à me faire partager sa dévotion pour Churchill. J'en ai eu davantage à lui faire admirer de Gaulle.

Nous obtînmes, un même jour, une permission pour visiter Tripoli. Il ne passait jamais inaperçu, ni auprès des femmes, ni auprès des enfants. Il me confessa qu'il avait bien changé depuis que je l'avais connu à l'IFL (International Friendship League). En quoi? Il avait laissé là toute timidité. Il aimait les conquêtes et il allait d'aventure en aventure. Je le regardai avec surprise, avec un mélange d'éloignement et d'amusement. J'avais eu, comme tous les jeunes gens, le même parcours que lui. L'idée ne me serait pas venue d'en faire état, même avec cette imprécision calculée. Pourquoi tenait-il à ce que j'en fusse informé?

Nos pas nous menèrent vers le quartier juif de Tripoli qui, contrairement aux mellahs du Maghreb, ne se distinguait en rien des quartiers arabes. Les jeunes ici étaient pleins de flamme et les vieux remplis de lumière. Mais, entre les deux, les adultes étaient triviaux et difformes. C'est toute la Méditerranée, observa Gavin, et cela est surtout vrai des femmes. Il pensait au Liban et à la Grèce. Les habitants, qui avaient toutes les raisons de parler couramment l'arabe et l'italien, voire l'hébreu, s'exprimaient volontiers en français. Les Italiens ne s'étaient livrés à aucune persécution. Prudents, ces juifs libyens se gardaient bien de les regretter, mais ils n'éprouvaient aucun besoin de les injurier, fût-ce pour plaire aux nouveaux occupants. Nous rencontrâmes une adolescente, de cette beauté que l'on dit biblique, lorsque l'apparente humilité et la spiritualité secrète brident, domptent et contiennent une sensualité prête à exploser. Dans ses lettres, Delacroix, lui, parle des juives marocaines comme des «perles d'Eden». L'adolescente donnait la main à un enfant, d'évidence aussi beau qu'elle-même, et dont Gavin aussitôt caressa la chevelure en désordre. Cela ne sembla surprendre ni l'enfant, ni celle qui était probablement sa sœur. Au contraire, me négligeant et prenant Gavin pour un Français, ils se mirent tous deux à s'adresser à lui en français, le gosse pour lui demander des bonbons et des cigarettes, la sœur supposée pour dire qu'elle était heureuse de pratiquer une langue qu'elle apprenait à l'Alliance israélite universelle. Et puis, ensemble, le frère et la sœur se mirent à réciter une fable de La Fontaine, *Deux pigeons s'aimaient d'amour tendre*, que Gavin ne connaissait nullement. Pour ne pas décevoir ses interlocuteurs et les maintenir dans l'illusion qu'il était français, il se souvint qu'il connaissait l'*Apparition* de Mallarmé. Je ne cessais de les observer tous les trois. Celui qui avait fait le moins d'efforts, c'était Gavin. Il s'était contenté de caresser furtivement les cheveux de l'enfant. Mais il était évident qu'il émanait de lui, dans cette Tripolitaine, une séduction plus vive encore que plusieurs années auparavant à Ealing et à Brighton.

Les missions différentes de nos armées nous séparèrent, quand les hostilités en Libye et en Tunisie se terminèrent, et que les débarquements par le sud et l'ouest de la France furent préparés. Je ne me doutais pas, en quittant Gavin près de Tripoli, qu'après des périples marocains j'allais m'en retourner chez lui, en Grande-Bretagne. Non pas cette fois-ci entre Londres et Brighton, mais au-dessous de l'Ecosse, dans le Yorkshire, près de Hull.

Nous avons donc fait la guerre, notre guerre, avec des rôles différents et des fortunes diverses. Parfois, j'apprenais où se trouvait son unité, les difficultés qu'elle connaissait, les percées qu'elle faisait. Il m'est arrivé de rencontrer des Français qui l'avaient hébergé.

Et chaque fois, c'était unanime, j'entendais dire : « Ah, oui, un si beau jeune homme ! » Un jour, près de Versailles, dans un bal populaire, j'ai dansé avec une jeune femme qui l'avait bien connu et qui soupirait de regret en l'évoquant. Mais il nous fallut attendre la libération de Paris pour nous revoir.

Venant de Dampierre, de Versailles et de Sèvres, la division Leclerc avait fait son entrée par la porte d'Orléans. Elle s'était distribuée dans les avenues de l'Etoile, aussitôt immergée dans un océan de liesse, d'allégresse, de délivrance. Juchées sur nos blindés frappés de l'hexagone blanc, les Parisiennes aidaient un nouveau pays à sortir des ténèbres. Elles étaient plus glorieuses que nous-mêmes, plus simplement, plus directement glorieuses, comme si elles accédaient en même temps, dans un même élan, à l'amour, à la liberté, à la France. Comme si nous les attendions pour découvrir le vrai sens de nos combats. Comme si elles savaient depuis toujours qu'elles sortiraient de l'adolescence avec nous. Je n'ai jamais eu à leur égard le sentiment de condescendance protectrice ou d'embarras hautain que les Américains devaient plus tard décrire, parce qu'elles entendaient partager avec nous les victuailles dont nous étions comblés. Je n'ai jamais aperçu chez elles d'obséquiosité humiliante. Elles paraissaient au contraire revendiquer avec aisance un droit. Je leur en savais gré : c'était bien pour elles que nous étions là. L'une d'entre elles me traîna vers l'hôtel Régina, place des Pyramides, où s'était installé un orchestre américain qui jouait tous les succès de Glenn Miller. C'est là que j'aperçus Gavin, assis seul à une table, toujours aussi élégant mais tellement plus sombre au milieu de cette joie qui partout triomphait. Nous nous sommes embrassés, ce qui n'était pas dans nos habitudes. Ce geste en a imposé à ma jeune compagne : intimidée par nos retrouvailles, elle nous a abandonnés sans que je fisse rien pour la retenir. Elle m'a simplement mis dans la poche une adresse où je devais la retrouver le soir même. Avec Gavin, nous avons quitté l'hôtel Régina pour nous rendre sur le parvis de Notre-Dame. Pour tous les Français libres, comme l'a noté un de leurs héros, revenir à Paris c'était d'abord revoir Notre-Dame. J'ai conduit Gavin vers le quai d'Orléans, au pont de l'Archevêché, puis au

171

Pont-Marie, c'est-à-dire du côté où l'on peut le mieux voir le fameux «vaisseau» tantôt s'engouffrer dans les brumes d'un dessin de Victor Hugo, tantôt projeter ses arcs, ses tours, sa flèche, vers un ciel de Michelet. J'ai cité à Gavin la boutade de l'un de mes professeurs en 1940, après la capitulation, pour lutter contre l'effondrement : «Lorsque vous désespérez des Français, rappelez-vous qu'ils ont fait la France. Celle de Notre-Dame et de la Déclaration des Droits. Lisez Michelet.» J'aperçus aussitôt chez Gavin un rictus de réserve devant mon subit accès de chauvinisme. Réserve qui ne s'expliquait pas seulement par un dédain de l'emphase.

Il revenait de Grande-Bretagne, meurtri par les blessures profondes infligées à la capitale de son pays. Il ne se doutait pas que le spectacle pût être aussi bouleversant. Ces blessures témoignaient d'un calvaire, qui eût été chanté comme un martyre si, disait Gavin non sans fierté, son peuple avait été moins digne, plus théâtral — il voulait dire plus français. Pour la première fois il s'abandonna à me dire qu'il était le seul survivant de sa compagnie. J'étais atterré. Je n'avais jamais été moi-même à ce point exposé. D'autres compagnies l'avaient été, pas la mienne. Ici, devant Paris protégé, Paris intact, Paris que son passé et un général allemand avaient mi-raculé, je voyais mon Gavin moins frappé d'émerveillement que de malaise, et même d'irritation. Il était loin de partager l'exci-tation exotique et un peu nostalgique que les nouveaux correspondants de guerre amé-ricains exprimaient sur les lieux où ils se ren-daient en pèlerinage, à la recherche d'Heming-way et des «années-Gershwin», au Ritz, à Montparnasse, rue de Tournon, rue de l'Odéon. Ils se contemplaient dans le miroir du passé de leurs aînés. Gavin avait l'impression que son pays avait été trop longtemps le seul à supporter tout le poids du monstre nazi, à lui dire non, à se battre contre lui sans effon-drement, sans gémissements, sans forfanterie. Je lui donnais raison secrètement, mais ses états d'âme m'encombraient au moment où les fièvres de la Libération nous hissaient au-delà de nous-mêmes. Après tout, de Gaulle et Le-clerc nous projetaient pour un moment sur les cimes où s'étaient installés Churchill et son peuple. Mais enfin, c'était vrai, le courage, le salut, la dignité, à une époque, furent britanniques. Avec le recul, j'y consens.

Je devais revoir Gavin une seule fois, avant la fin de la guerre. C'était à Vittel, que notre bataillon avait reçu mission de libérer, et où la 1re compagnie était entrée sans sérieux accrochages. Rien de comparable à ce qui s'était passé avant, à Saint-Remimont et à Contrexéville, où la Résistance des FFI avait demandé un renfort. Ni avec ce qui devait se passer après, autour de Baccarat. Revoir Vittel dans la guerre, cette ville estivale repue de verdure, de bois et de forêts où, enfant, j'accompagnais mes parents faire leur cure annuelle, faisait se superposer les images de jadis d'insouciance frivole, de thés dansants et de tennis, de jeunes adolescentes en jupe blanche, de vieillards courbés tenant un verre gradué à la main, et le spectacle offert par des fonctionnaires et des commerçants surpris et accablés comme si la Libération troublait un ordre bien géré. La station thermale était intacte et, si les sources étaient fermées aux curistes, on continuait d'y vendre, comme si de rien n'était, les bouteilles d'eau minérale. On prétendit en vendre à un jeune et fougueux capitaine de char, dont on ne comptait plus les exploits et qui ne trouva pas ce commerce de son goût. Il manifesta son humeur avec une énergie théâtrale en décidant que le précieux liquide servirait à la toilette de ses hommes.

Nous étions donc en septembre 1944. L'événement, à Vittel, était ce qu'on appelait, avec une impropriété dont nous n'avions aucune conscience, un *camp de concentration*. Personne ne savait réellement ce que nous devions apprendre plus tard sur les camps. Personne parmi nous, en tout cas. Nous connaissions bien la législation antijuive des nazis, les exclusions et les persécutions dont les juifs étaient l'objet, mais nous n'avions pas la moindre idée de l'enfer concentrationnaire, de l'atrocité des camps de la mort et de la monstruosité des chambres à gaz. Dans mon souvenir, je crois bien que, pour nous, les Allemands que nous avions en face étaient des soldats comme les autres. Et ils l'étaient en effet, d'une certaine manière, à cette époque, dans ces opérations où nous avions parfois affaire à des adolescents sans formation.

En fait, le camp de Vittel était constitué par un ensemble d'hôtels réunis par des ponts, des passages et des tunnels en bois, savamment charpentés, édifiés pour la circonstance, et où les Allemands avaient rassemblé des réfugiés anglais et américains. Ces hôtels abandonnés, que j'avais connus luxueux, avaient fini par ressembler à des baraquements; les hommes et les femmes y étaient séparés. On a dit ensuite qu'il y avait parmi eux de nombreux juifs, que leur statut d'Anglais ou d'Américains protégeait pour des raisons qui m'échappent encore. En tout cas, dans ces «camps», où l'on «concentrait» des ressortissants de nations en guerre avec l'Allemagne, le traitement infligé paraissait décent. Hommes et femmes ne se plaignaient que de leur incarcération. Mais, eux aussi ignorants de ce qui se passait ailleurs, ils avaient fini par trouver leur sort insupportable. Une dangereuse explosion de joie salua notre arrivée, dangereuse car les Allemands n'étaient pas loin et qu'ils auraient pu profiter du désordre créé par les défoulements des prisonniers.

176

Nous eûmes, sous leurs huées, l'ingrate tâche de les maintenir encore incarcérés.

Pour leur faire entendre raison, nous eûmes recours à un officier britannique qui avait été envoyé en mission par son état-major pour évacuer les ressortissants de son pays. Ce n'était personne d'autre que Gavin, dont le statut avait changé, qui était devenu officier et qui, dans une adresse dépourvue d'émotion, expliqua aux siens que les Allemands restaient menaçants dans les environs de Vittel et que, pour le moment, les libérateurs français étaient peu nombreux.

J'eus de la peine à le reconnaître, tant il me parut installé dans un autre personnage. Lui vint au-devant de moi comme s'il ne m'avait jamais quitté. Il m'annonça qu'il avait accepté cette mission de «civil» parce qu'il avait appris que mon unité s'y trouverait. Il me dit qu'on avait décidé qu'il avait suffisamment payé son tribut à cette guerre, que pourtant il voulait en voir la fin et qu'il ne s'imaginait pas en Grande-Bretagne tant que ses amis ne se trouveraient pas à Berchtesgaden. Je rappelle que nous en étions loin : les furieuses campagnes d'Alsace et d'Allemagne restaient à faire. Ses propos étaient débités sur un ton de désenchantement distant, l'épreuve l'avait mûri et même, me sembla-t-il alors, vieilli. Parfois, un furtif regard paraissait m'adresser un appel que ses mots ne traduisaient pas. Lui, dont la devise était *Never complain, never explain*, s'abandonna à me dire qu'il souffrait des séquelles d'une blessure à la hanche, qui avait paru sur le moment légère, mais qui l'empêchait de dormir. Je dus rejoindre mon bataillon qui poursuivait son avance. Lui devait rester pour attendre le gros des troupes. Un responsable du camp vint lui demander ce qu'il convenait de faire des cadavres gisant sur le bas-côté de la route. Il répondit en me regardant : «Laissez les morts ensevelir les morts.» Il me prit par le bras, geste chez lui inhabituel, et il me dit qu'il était heureux de me retrouver. «Bien plus, précisa-t-il, que je ne pouvais l'imaginer.»

Il m'est resté de cette rencontre trop rapide une image de vulnérabilité que je croyais étrangère à Gavin. Il m'est resté aussi un signe d'amitié, comme si cet être si implacablement fort dans tous les domaines avait besoin de moi.

Quelques années plus tard, le hasard conduisit ses parents diplomates dans un consulat général britannique à Marseille. Gavin s'inscrivit aux Langues orientales, apprit l'arabe, fit des voyages au Proche-Orient, devint correspondant d'une agence de presse britannique au Caire, au Yémen, à Aden, avant de se consacrer au Maghreb et de s'installer au Maroc. Nous sommes devenus alors vraiment amis. Je veux dire que l'amitié était enfin partagée. J'en eus la preuve lorsqu'il décida de me livrer son secret : sa passion pour Lawrence d'Arabie. Je découvris alors un nouveau Gavin. Expansif, éloquent, érudit, il s'alarmait que je pusse sous-estimer son idole et qu'elle pût le moins du monde nous séparer. Je sentis que notre amitié ne serait plus complète si je ne devenais comme lui idolâtre. Savais-je, me demandait-il, que cet aventurier romantique avait été, tout au long de sa vie, et quoi qu'il lui fût arrivé, le protégé du socialiste fabien George Bernard Shaw et de son épouse ? Et que le conservateur Churchill pensait de lui qu'il était un des plus grands hommes de l'Angleterre? Est-ce que je connaissais sa stupéfiante témérité, son besoin de gloire, comme son remords farouche d'avoir été téméraire et glorieux? Sans la fréquentation des livres et de l'histoire de Lawrence, Gavin ne savait pas s'il eût pu affronter certains des combats si meurtriers de Caen et de Saverne. C'est au cours de ce récit qu'il m'apprit qu'il n'avait reçu aucune mission pour se rendre à Vittel, le jour de notre dernière rencontre pendant la guerre. Il avait fait, en solitaire, une escapade digne de son Lawrence, à l'intérieur des lignes ennemies. Gavin était déjà capable de réciter les mêmes versets du Coran que son héros avait utilisés pour séduire ou désarmer les chefs arabes. Parfois, il s'habillait en Rifain, en Berbère, et il déambulait dans les rues des médinas. Je l'ai vu dans toutes les capitales arabes, secret, autonome, adulé, cédant rarement aux sollicitations multiples dont il était l'objet, passionné d'orientalisme, et toujours entouré d'une cour de jeunes filles sur lesquelles il jetait un regard d'une gratitude distraite et désenchantée. C'est à Rabat que la guerre d'Algérie le surprit.

Je n'étais plus professeur, je n'avais pas encore ma maison d'édition et, comme j'étais né en Algérie et qu'on me prêtait quelques compétences, une agence de presse me proposa un contrat pour «couvrir» les affaires maghrébines pendant un certain temps. Gavin me faisait inviter dans les ambassades de Grande-Bretagne, mais aussi des Etats-Unis, de tous les pays arabes où nous nous trouvions. De jeunes *attachés* et de brillants *conseillers*, tous infiniment courtois, cultivés, ironiques et sportifs, trouvaient irritant qu'il fallût apprendre le français, alors qu'ils savaient l'arabe, pour se mouvoir à l'aise au Maroc, en Algérie, en Tunisie, au Liban et parfois même en Egypte, au moins chez les Syro-Libanais. C'est en Egypte d'ailleurs, au Caire et à Alexandrie, où ils auraient pu se penser chez eux, que cela leur était le plus insupportable. Tous les salons littéraires étaient français. L'auteur du merveilleux *Quatuor d'Alexandrie*, Lawrence Durrell, ne tenait pas salon.

Dans ces chancelleries anglo-saxonnes du Maghreb, Gavin et moi devinrent d'autant plus souhaités et recherchés que nos amis nationalistes étaient nombreux. Nous avions la possibilité d'emmener avec nous les leaders maghrébins les plus prestigieux. Jusqu'au jour où le procès du colonialisme français, que j'acceptais volontiers de la part des colonisés, me parut insupportable quand elle était formulée, et de manière si mondaine, par tous ces élégants diplomates. Mon catholicisme familial, qui ne s'était jamais senti agressé par les nombreux apports de protestantisme reçus par alliance, se réveillait au contact de ces anglicans. J'observais, rendu chauvin par leur arrogance, qu'il n'y avait pas eu de Delacroix, de Matisse, de Chassériau, de Fromentin aux Indes, en Afrique du Sud ou au Kenya pour prouver l'interpénétration des peuples. C'était un peu court et légèrement stupide. Pas plus que leurs propos.

Dans ces moments-là, Gavin me soutenait avec véhémence. Par élégance, par amitié, par solidarité spontanée. Mais aussi parce qu'il ne ratait aucune occasion d'être à contre-courant; en fait, de rompre avec les siens. Comment conciliait-il cette fureur individualiste avec, d'un côté, un patriotisme impérial inavoué et, de l'autre, cet unanimisme tribal et patriarcal qui l'aimantait dans l'arabisme? « Il n'y a que les Français, disait Gavin, pour ne pas se résigner aux contradictions. On devrait condamner tous les Français à lire Dostoïevski.» Cette fois, cependant, en privé, tandis que nous nous rendions à la réception d'un notable dont on nous avait vanté les fastes et les intrigues, Gavin me fit de rudes remontrances. Il était indigné que je tinsse pour rien l'intensité des empreintes laissées par les Britanniques dans leurs colonies, longtemps après les avoir quittées. Comment pouvais-je ignorer, par exemple, la passion mise dans les échanges entre la Grande-Bretagne et les Indes? N'avais-je pas lu *au moins* le discours de Disraeli? Les romans de Forster? Comme je prétendis n'être point totalement ignare, je dus subir un examen et un cours. Est-ce que je me souvenais de Nigel Clive? — Bien sûr, c'était notre ami, ministre-conseiller à l'ambassade britannique à Tunis. — Son nom ne me disait rien? — Pas grand-chose. — Donc je ne savais pas qu'il descendait de «Clive of India», l'un des plus célèbres Anglais de l'histoire coloniale? Hélas. Mais comment pouvais-je alors comprendre l'origine des conflits entre Français et Anglais dans le domaine colonial? —

183

J'implorais que Gavin prît son parti de mes coupables lacunes pour me déniaiser enfin.

Alors Gavin devint un pédagogue lyrique pour me raconter la vie de Sir Robert Clive qui, en 1743, âgé de dix-huit ans, fut envoyé aux Indes, à Madras, où il disputa aux Français l'alliance des seigneurs de la région et finit par fonder la célèbre Compagnie des Indes, au point de mériter le nom de *heaven-born general**. Mais alors, ce Clive of India n'était-il pas encore plus séduisant que Lawrence? Gavin m'informa qu'il y avait dans la gentry britannique trois traditions : le voyage épique en Inde, comme Clive; le voyage romantique en Italie et en Grèce avec Byron; le voyage héroïque d'accomplissement intérieur comme Lawrence. Je m'esclaffai : « Les Arabes comme un salut? » Gavin, indifférent à mon ironie, répondit : « Mais oui, presque. »

Il ajouta qu'il m'arrivait souvent, à moi, d'être, à l'égard du colonialisme français, bien plus sévère que ses amis. C'était vrai. Mais ils l'étaient avec un détachement, une froideur et parfois une complaisance qui les éloignaient

---

* Le général prédestiné, ou de droit divin.

selon moi de toute vérité. En fait, ils découvraient avec une jalousie exaspérée les liens mystérieux que les Français, dans les moments les plus cruels, avaient noués avec ces peuples depuis des décennies.

Nous passâmes une nuit turbulente et colorée. Notre hôte, le notable en question, était un riche Marocain, de grande allure et de mœurs noblement libres. Il nous fit les honneurs de son palais arabo-andalou. Comme tous les protégés du sultan, et comme tous les nouveaux riches, il avait demandé à ses architectes de s'inspirer des *medersas* (écoles coraniques) de Fès, de Meknès et de Marrakech, comme de l'Alhambra de Grenade. Nous fîmes assaut d'érudition, Gavin et moi, devant les arcades ciselées jusqu'à l'infini; le fourmillement des broderies en stuc sur les tympans placés en haut de colonnettes, qui jaillissaient en quinconce; le foisonnement des stalactites de plâtre qui tombaient des plafonds décorés de caractères arabes; enfin, devant les jeux d'eau et de lumière, si savants les uns et les autres, qu'ils faisaient deviner la tentative des architectes de reconstituer ici, à Fès, la cour des Lions de l'Alhambra. La science de Gavin et la mienne étaient fraîches : nous avions lu récemment, lui une étude sur les origines probablement salomoniques de l'art nasride (les Andalous auraient trouvé leur inspiration dans le temple de Salomon), et moi sur les modèles astrologiques de l'architecture andalouse (les palais seraient construits, orientés et répartis selon une cosmogonie précise). Nous prenions tellement de plaisir à cette compétition, nous nous divertissions si fort en nous renvoyant la balle, que pendant un moment nous avons oublié notre hôte, lequel ne semblait pas décidé à choisir s'il devait se montrer ébloui par notre science ou irrité de ne pas en avoir le monopole. Dans ces moments-là, mon amitié pour Gavin s'enchantait.

Dans le grand patio du palais, des groupes s'étaient formés, chacun autour d'un personnage doté d'autorité ou d'habileté à pérorer. Des mouvements de foule me séparèrent de Gavin, que j'aperçus de loin, un moment après, subjugué (autant du moins qu'il pouvait l'être) par un homme mince et long, qui portait beau, au teint de désert mauritanien, qui semblait se contraindre à une économie de gestes en joignant ses mains derrière le dos. Le maître de maison me dit que c'était un grand médecin marocain et juif, natif de Mogador, donc anglicisé, mais formé à Paris et devenu à Rabat professeur d'ophtalmologie. «On venait de loin pour le consulter.» C'était la formule pour consacrer une personnalité. Gavin, découvrant que je le regardais, me fit signe de m'approcher et je rejoignis son groupe sous l'une des portes en forme d'arc à lambrequin. Si sobre fût-il, le médecin en question parlait avec une solennité sourde, comme s'il était revêtu d'un uniforme d'empire. Nous avions déjà rencontré de nombreux juifs marocains, si fiers d'être marocains d'Espagne, d'avoir un nom espagnol, et peu soucieux de singer l'Occident. Ils prétendaient souvent avoir un ancêtre qui remontait avant 1492, avant le dernier royaume de Grenade. Ils pensaient que leurs familles à Tanger, à Tétouan et même à Fès avaient recueilli ce qu'il y avait de plus noble et de plus raffiné dans toute l'Andalousie, dans les cours des princes nasrides ou abencérages. Une jeune juive, pleine de langueur aristocratique, malgré une chevelure trop lustrée et une poitrine flattée par un somptueux collier berbère, parlait de Zoraya, la concubine du dernier roi maure de Grenade, comme Mathilde de La Mole parlait de ses aïeux. En me présentant à lui, Gavin me dit que le professeur Tolédano tenait des propos bien édifiants sur le Maghreb. «Je disais, reprit notre ophtalmologue, que si j'avais été un Algérien non musulman, j'aurais choisi de devenir un patriote français car je reconnais la force de votre civilisation et en tout cas son ancienneté. En revanche, l'idée ne me serait jamais venue de renoncer à ma lignée andalouse et marocaine. Cela n'a rien d'offensant pour nos amis algériens qui combattent en ce moment avec tant d'héroïsme pour leur indépendance. Simplement, ils sont astreints à créer dans la douleur un Etat qui chez nous existe depuis des siècles. Or je ne puis vivre sans de fortes traditions derrière moi.» J'étais comme Gavin, à la fois attentif et agacé. Ce n'était pas que les propos du professeur fussent tenus avec forfanterie : leur vanité était corrigée par la sobriété neutre de l'élocution. Mais il nous donnait envie de le faire parler encore et de le bousculer un peu. Pensant aux *mellahs*, ces ghettos du Maghreb où je m'étais souvent égaré, je lui ai demandé s'il n'avait pas eu à souffrir au Maroc de sa judéité. « Rarement, répondit-il. De toute manière, nous sommes dans ma famille de la race des combattants et non des gémissants. Nos pierres sacrées seraient plutôt celles de la forteresse des résistants de Massada que celles du mur des Lamentations. » Ce fut au tour de Gavin de le provoquer. Il commença par faire quelques remarques (qui m'étaient en partie destinées) sur la relative souveraineté que les pachas et, après 1671, les deys d'Alger avaient exercée pendant près de deux siècles en s'affranchissant de la Sublime-Porte et des califes d'Istanbul. Autrement dit, l'Etat algérien avait bel et bien existé. Sans doute depuis moins longtemps que le Maroc et que l'Andalousie, mais il ne sortait pas aujourd'hui du néant. Cela, c'était pour m'indiquer, comme en passant, que, sur « mon » Algérie, il n'était pas ignare. Mais ensuite il demanda au professeur si, tout de même, puisque ses deux références (Massada et le Mur) avaient été palestiniennes, il n'avait pas de liens privilégiés avec Israël. Le professeur sourit comme si la question était pour lui inespérée : «Cher Monsieur Gale, mon oncle est mort pendant la guerre d'Indépendance d'Israël en 1948. Et savez-vous par qui il a été tué? Par les Britanniques, Monsieur Gale, par les Britanniques...» Je vis voltiger sur les lèvres de la jeune fille au collier un léger frisson de fierté et de plaisir. Gavin impatienté s'apprêtait à relancer la conversation lorsque des Marocains en burnous de conquérants s'en vinrent arracher le professeur à notre intérêt.

Nous nous trouvâmes aussitôt dans un autre groupe que dominait un personnage opulent, énorme, visiblement atteint d'éléphantiasis. En même temps un homme théâtral, savoureux, loquace, qui, à chaque phrase, communiquait une sorte d'agitation serpentine à chacun, successivement, de ses nombreux mentons. On lui donnait du «Monsieur le Pacha». Il était très blanc de peau, rubicond de complexion et ne portait, disait-il, une gandoura que pour soustraire à toute contrainte son corps trop en expansion. Il passait de l'arabe au français et à l'espagnol avec une aisance dépourvue d'affectation, et son cosmopolitisme polyglotte, s'il s'arrimait tout de même au Maroc, traduisait toujours un seigneurial œcuménisme. Il était accompagné, pour lui servir de valet, et semble-t-il aussi de bouffon muet, d'un petit bonhomme incertain dont on ne décidait pas s'il était un adolescent pétrifié ou un vieux nain bien conservé. Le petit bouffon gesticulait dans un costume bariolé, tel un arlequin de commedia dell'arte, guettant le moindre signe de son maître, le déchargeant de sa canne ou la lui restituant, lui offrant à chaque fois un nouveau mouchoir pour essuyer son front transpirant, et remplaçant le verre de vin que son maître vidait. Ce dernier disait en se tâtant le ventre qu'il avait partout des souvenirs comme si son embonpoint était le fruit des richesses de sa mémoire. A l'entendre, il avait servi le maréchal Lyautey, le rebelle Abd el-Krim, le Glaoui pacha de Marrakech et le roi Mohammed V. Il prétendait être à l'aise aussi bien dans les couloirs du Parlement français que dans ceux des Cortes espagnols ou de Westminster. Il avait toutes les décorations, aucune illusion, et encore bien des gourmandises. Son cynisme était triomphant. Il dit qu'il avait été dans sa jeunesse fondateur du Congrès des peuples aux côtés de Fenner Brockway et trotskiste à Paris aux côtés de Jean Rous. A l'en croire, c'est lui qui avait inspiré le fameux discours du leader marocain Allal el-Fassi préconisant que le Maroc arrachât à Nasser la conduite du monde arabe et invitant le sultan de l'époque à proclamer l'annexion des «Presides» de Ceuta et de Melilla, et à récupérer toute l'Andalousie. Après quoi, il avait été convoqué par le général Franco lui-même, lequel lui avait confié une mission de conciliation. Il disait que les grandes époques étaient celles des aventuriers et des traîtres, mais que la trahison selon lui ne consistait pas à changer de maître. Elle consistait à être infidèle au maître choisi pendant qu'on le servait. Il clama soudain : «Aucun de ceux que j'ai servis ne s'est plaint de moi ni ne m'a renié lorsque j'ai servi quelqu'un d'autre. Et je les ai tous quittés avant qu'ils ne songent à se priver de mes services.» Gavin chercha en vain sur mon visage des signes de désaveu ou de lassitude. Je ne m'ennuyais nullement et me souciais peu de juger.

Près de nous, un jeune syndicaliste marocain, sec comme un paysan cévenol, contemplait avec effarement ce monument de corrup-
tion et de truculence qui désavouait toutes ses
luttes par sa seule existence. L'expression de
son regard ne devait pas échapper à notre
obèse aventurier. Il termina son numéro en ré-
clamant à son valet un siège car il transpirait,
soufflait, haletait, toussait sans cesser de rire
et d'exprimer sa joie. Il s'assit avec difficulté
puis interpella le syndicaliste : «Jeune homme,
tel que vous me voyez, j'ai commencé par être
croyant, très croyant, et puis j'ai fini par me
détacher des *biens de l'autre monde.*» Et jamais
alors, après ce mot, on ne vit visage plus
avantageux.

Notre hôte s'en vint nous informer de l'arrivée de plusieurs personnages faits pour nous
intéresser. Il les décrivit comme de vrais conspi-
rateurs, de faux espions, quelques agents secrets, un Père blanc. Il nous proposa de nous
joindre à ce nouveau groupe avec, pour nous y
introduire, un officier marocain, qu'il nous
présenta. Un ancien colonel de l'armée française, qui revenait de ce qu'on appelait alors le
Congo belge, où il avait rencontré tous les

échantillons possibles de révolutionnaires du tiers-monde autour du Premier ministre Patrice Lumumba. Tous ces gens analysaient la situation mondiale. Celui qui, noiraud, méfiant et agile, se disait «conspirateur professionnel» affirma que l'heure était venue d'écraser le féodalisme dans tous les pays arabes et de faire partir du Maghreb une grande insurrection populaire qui s'appuierait sur la révolution algérienne, pour compléter la révolution nassérienne. Il disait que l'Acte d'Algésiras, qui avait en 1906 découpé le Maroc en onze zones de souveraineté européenne, américaine et russe, constituait une forfaiture de l'impérialisme encore plus infâme que ne l'avaient été à l'égard de tout le Proche-Orient les fameux «accords Sykes-Picot» de 1916.

Ces trois mots, «accords» «Sykes» et «Picot», eurent le don, et je m'en doutais, de faire sortir Gavin de sa réserve. C'étaient les accords qui avaient mis fin aux rêves unitaires que Thomas Edward Lawrence nourrissait pour le monde arabe. Je vis mon Gavin revigoré par les propos du conspirateur. Il sortit de son rôle pour prophétiser cependant que les utopies trop présomptueuses ne feraient ja-

mais que le jeu des impérialismes. Tout, disait
Gavin, devait être subordonné à la victoire de
la révolution algérienne et à l'union maghré-
bine autour de cette victoire. Mais il ne fallait
surtout pas toucher aux gouvernements en
place. Il fallait leur imposer des objectifs unitaires. A partir de ce moment, chacun voulut
savoir qui était Gavin, et je compris que tous
pensaient que ce Britannique ne tenait pas de
tels propos par hasard. Gavin acheva de se
rendre suspect en parlant arabe. Je pris pré-
texte de mon incapacité à le comprendre pour
l'interrompre. C'est en un très bon français
qu'un Tunisien choisit de lui répondre avec
calme. Les jeunes nations arabes n'entendaient pas qu'on rêvât à leur place. Ni qu'on
fît pour elles le souhait d'une fidélité à des
traditions. C'est ainsi qu'on les avait jusque-là
empêchées d'accéder aux réussites de l'Occident. C'est l'aspiration à l'unité et le respect
des coutumes que, par exotisme, vous aimez
chez nous, Monsieur Gale, c'est-à-dire tout ce
qui a jusqu'à maintenant causé notre ruine,
dit ce disciple de Bourguiba. Gavin était décontenancé : «Mais comment comptez-vous
conquérir votre place parmi les puissants sans

le grand rêve unitaire de l'arabo-islamisme ? »

Je n'ai pas entendu la fin de l'échange, car le Père blanc m'a pris à part : « Votre ami a les idées que le grand mystique Louis Massignon me confiait lorsqu'il s'abandonnait à parler politique. Il est sans doute inspiré, mais les jeunes révolutionnaires pensent de plus en plus avec Ben Barka que, pour lutter contre l'Occident, il leur faut devenir des Occidentaux, à la rigueur musulmans, sans doute arabes, mais surtout socialistes.

— Et vous, mon père ? lui dis-je.

— Ce n'est pas mon univers. Cela ne l'est plus en tout cas. Si j'ai un Maroc d'élection, c'est celui des montagnes, des plateaux et des vallées du Sud. Si vous y venez avec moi, vous n'aurez pas besoin d'être croyant pour y découvrir le premier siècle de notre ère avec ses patriarches, ses sorciers, ses prophètes, ses agitateurs et ses contemplatifs. Vous rencontrerez Sara, Agar, Anne et Marie, vibrant dans une limpidité de l'air qui rend les âmes innocentes et fières. A chaque heure de la journée, vous voyez surgir Nazareth et Jérusalem, parfois Epidaure ou Persépolis. Le monde renaît chaque matin, à l'aube, pour démentir la monstrueuse insignifiance des choses, dont vous avez ici le spectacle.

— Mais votre présence ici, mon père?

— Elle est de circonstance. Au moins ma robe rappelle-t-elle aux autres, à moi-même, que le Sud existe en nous.»

Il ajouta que s'il lui fallait résumer les besoins de tous les hommes que nous avions entendus, il dirait que ce sont l'utopie et la violence. «Ce sont les besoins des humiliés.» Il précisa que, pour l'essentiel, les Arabes n'étaient pas tellement différents du reste de l'humanité : «Les hommes ont tous peur de la mort et en même temps ils ont peur d'être lâches devant elle. Ils rêvent alors d'actions d'éclat pour se prouver qu'ils peuvent affronter la mort. Quand on est sûr de savoir mourir, on n'éprouve pas le besoin de se prouver quoi que ce soit. La violence paraît alors dérisoire.» Le Père blanc avait de toute évidence emprunté tous les comportements qu'il prêtait à ses frères humains.

Nous nous étions passablement enivrés. Un diplomate français, mari jaloux d'une poétesse libanaise et nymphomane, vint s'en prendre à

Gavin, qu'il ne réussit pas à troubler. Il chercha alors querelle à quelqu'un d'autre et on le
vit boxer un Marocain, qui n'y comprenait
rien, mais qui ne se laissait pas faire. J'eus la
tentation d'intervenir. Gavin m'en empêcha
en me faisant comprendre que la fureur du diplomate était sans doute dépourvue de dé-
cence, mais qu'elle ne l'était pas de justification. Habilement, notre hôte donna le signal
des chants et des danses à l'orchestre. Comme
Gavin faisait mine de m'entraîner hors du palais, notre hôte lui demanda s'il n'appréciait
pas les danses arabes. Notre hôte n'attachait
d'importance ni à sa question, ni à la réponse.
Ce n'était pas le cas de Gavin, dont la sèche
repartie surprit tout le monde : «Non seulement je ne les apprécie pas, mais je les
trouve indignes de la grandeur arabe. Vous
auriez mieux fait de garder pour vous l'Alhambra et de prendre aux Espagnols leurs chants
et leurs danses. Entre le déhanchement d'une
danseuse du ventre et le geste d'une Sévillane,
qui envoie derrière elle la traîne de sa robe, il y
a la distance qui sépare la vulgarité de la noblesse.» Je fus atterré. Je lui demandai s'il
avait bu. Il me répondit que c'était évident. Il

me demanda aussi mon avis. J'étais mille fois d'accord. J'ajoutai qu'au surplus cette danse du ventre était vulgaire quand les femmes s'y adonnaient, mais que le spectacle en était insupportable lorsque des hommes seuls s'y livraient. Mais quel besoin avait-il de quitter avec une telle goujaterie ce palais où nous avions été si bien traités? D'autant, ajoutai-je tandis que nous sortions, qu'il aurait pu dire un mot sur la noblesse des danses berbères, qui n'ont rien de commun avec les danses du ventre, venues des bas-fonds de Damas et du Caire. Et puis soudain, à l'idée de ce scandale, un fou rire nous secoua, qui se poursuivit jusqu'à notre entrée dans la médina.

C'était le petit matin, nous regagnâmes notre hôtel au cours de l'une de ces aubes frémissantes comme il en existe si souvent là-bas à la fin de l'hiver. Il me demanda de lui raconter mon Algérie. Les dernières vapeurs de l'alcool ne s'étaient pas dissipées, et c'est mal dégrisé que je lui parlai des corniches entre Cherchell et Tipasa, entre Bougie et Djidjelli; de Chréa dont les cimes ont veillé sur mon enfance, et de Michelet où l'hospitalité des Kabyles m'en a toujours imposé. Je lui ai parlé

des oueds, surtout des oueds, où des pierres
éternelles entourent des frissons de vie aqua-
tique. Gavin finit par me dire : «Mais tu
l'aimes, ce pays, tu l'aimes!» Pardi! Avais-je
jamais dit le contraire? Simplement, pour
moi, c'était l'arrière-France — l'antichambre
de la vérité.

Nous étions dans le quartier le plus magique de la médina. Des aveugles jeunes et
vieux, hagards et tâtonnants, vaticinaient
dans les venelles encore sombres. Des men-
diants couchés, qui y avaient passé la nuit, se
réveillaient à notre passage pour tendre la
main, nous promettant toutes les bénédictions
divines si nous étions charitables. Une prosti-
tuée en transe adressait au ciel sa colère. Un
porteur d'eau coiffé, comme le Robinson de
nos livres d'enfance, d'un grand chapeau poin-
tu, coloré à larges bords, agitait des clochettes
en précisant que l'eau des sources était celle de
Dieu, alors que l'eau des villes n'était que celle
des hommes; il vendait aussi du basilic et de
l'encens, dont les parfums, à son étal, riva-
lisaient en vain. Un enfant à moitié nu dévo-
rait un grand beignet devant une porte en-
trebâillée : depuis cette porte, une main l'a

brusquement arraché à notre vue. Un grand attelage à chevaux, une voiture-arrosoir, passa trop vite pour que nous puissions, dans cette petite rue sans trottoir, éviter d'être largement aspergés. Après son passage, nous étions trempés et la rue était nettoyée de tout sauf des crottes fumantes que les chevaux venaient d'y déposer. Dans un renfoncement, je montrai à Gavin un âne et une petite Renault qui, tous deux, ensemble, attendaient que leur maître se levât. Tout cela me rappela mon adolescence, le jour où j'avais accueilli Jean Grenier, le philosophe, alors professeur à Alger. Il avait dit : «On croit voyager dans l'espace, on voyage dans le temps.» La vie dans les rues de la médina de Fès, de Tunis et dans la casbah d'Alger était pour lui celle que menaient Rutebeuf et Villon dans le Paris du XIIIe au XVe siècle. En tout cas, j'aimais la rue et ses spectacles avant que les souks ne raccolent le promeneur. Il me semblait, dans ce petit matin, que Gavin et moi étions une fois encore à l'unisson. Toujours un peu plus exalté qu'il ne convient, je citai le vers du *Prélude* de Wordsworth, *Bliss was it in that dawn to be alive* (C'était une grâce de se sentir vivant en cette aurore). Gavin sut enchaîner en récitant quelques vers de l'immense poème, mais il devait me réserver, de plus, une surprise. Il sourit à l'idée du plaisir qu'il allait me faire. Je l'entendis réciter :

Les meurt-de-faim, les sans-le-sou voyaient la lune
Etalée dans le ciel comme un œuf sur le plat
Les becs de gaz pissaient leur flamme au clair de lune
Les croque-morts avec des bocks tintaient des glas.

Le Guetteur mélancolique d'Apollinaire! J'ai contemplé Gavin comme s'il me faisait le plus beau cadeau depuis que nous nous connaissions. «Maintenant, dit Gavin, j'ai autre chose à t'offrir.»

Il venait de recevoir une réponse positive du FLN pour rejoindre un maquis en même temps qu'un journaliste américain que nous connaissions, Joe Kraft, du *Washington Post*. Gavin me demanda si je voulais me joindre à eux. Je lui répondis certainement pas. Je lui dis que si je le faisais, j'aurais l'impression de tirer sur les miens, puisqu'ils étaient sur place. J'essayai de lui faire comprendre que c'était une chose que de préconiser la justice pour le peuple algérien et la négociation avec certains leaders révolutionnaires, mais que c'en était une autre de s'engager dans une guerre contre les siens.

« Tu es au-dessus de la mêlée et tu comptes les coups ?

— Je suis dans la mêlée et je les encaisse tous.

— Tu sais ce qu'a dit Soustelle : que des gens comme toi et moi faisons le même travail que plusieurs maquis.

— Je dénonce les atrocités des maquisards comme celles des autres. Ensuite, je ne sache pas que tu te sois jamais engagé aux côtés des hindous contre les armées britanniques. Dans les maquis du FLN, tu vas chercher l'aventure, comme ton Lawrence. »

Gavin m'a contemplé, attristé et distant : « Ne parle pas de Lawrence, tu ignores tout de lui. » Ce qui à l'époque était vrai.

Gavin est parti sans que nous ayons eu le temps de nous réconcilier. Il était nettement fâché et surtout, à mon avis, parce que je lui avais jeté son Lawrence à la figure. Il m'avait assuré que ses voyages n'étaient pas prévus avant le mois qui allait suivre. En fait, sans me prévenir, il devait quitter le Maroc dès le lendemain de notre conversation

La nouvelle de la mort imminente de mon père me parvint le jour où je m'apprêtais à rentrer à Paris. Pour des raisons qui n'ont rien à voir avec ce récit, le choc fut plus rude encore qu'il ne l'est d'ordinaire. Il n'y avait pas d'avion avant le lendemain pour me rendre à Alger. Je maintins donc le voyage pour Paris que je fis avec un sentiment de double abandon, de mon père et de Gavin. A Orly, je trouvai, qui m'attendaient, David bien sûr, mais aussi Vanina, superbe, austère et qui semblait avoir décidé de veiller sur moi. Ils venaient m'annoncer que mon père était mort.

Je retrouvai Paris avec eux, dans la gloire shakespearienne de ses drames. L'ombre omniprésente de De Gaulle et, sur les affiches qui annonçaient *Lorenzaccio* au TNP, la tendre insolence du visage de Gérard Philipe. Sauvageonne et intolérante, Vanina était devenue gaulliste. David me dressa la liste des Français et des Arabes que nous connaissions et qui étaient morts ou blessés en Algérie. Il fit aussi la recension des menaces «fascistes» qui pesaient sur le gouvernement de Michel De-

bré. Il ajouta qu'entre Kennedy et Khrou-
chtchev le bras de fer finirait par tourner mal.
Vanina et David voulaient aussi me détourner
de moi-même. C'est en vain que je tentai de
dissoudre mes chagrins dans les malheurs du
monde. David offrit de m'accompagner à Alger pour assister aux obsèques de mon père.
Vanina s'interposa aussitôt : « Avez-vous déjà
voyagé ensemble ? » Elle fut rassurée d'apprendre que cela nous était arrivé plusieurs
fois. Mais pourquoi la question ? Vanina
répondit que nous ne pourrions partir que le
lendemain, que ce serait un vendredi et qu'il
ne fallait jamais rien faire un vendredi pour la
première fois.

Le lendemain, dans l'avion qui nous conduisait à Alger, David resta silencieux pour me
laisser penser à mon père. Cependant, pour
m'en détourner moi-même, et peut-être aussi
par besoin, je choisis de le faire parler de Gavin et je lui racontai les échanges qui avaient
suscité une sorte de rupture entre Gavin et
moi. David me surprit. Il défendit Gavin : il
me révéla qu'il avait passé lui-même deux semaines dans un maquis kabyle, près de Tizi
Ouzou, à l'invitation d'un « colonel » algérien

qu'on appelait «le Vieux», et qui dispensait sa sagesse sur plusieurs tribus. Ce colonel avait été l'ami du père de David.

Malgré la voix chaude et fraternelle de David, je me sentis désavoué. D'abord j'en voulus à David de m'avoir caché son expédition. Je me dis aussi que ma sévérité à l'égard de Gavin pouvait être injuste puisque je savais que David ne pouvait à cent pour cent épouser les méthodes, sinon les revendications, du FLN. Je me suis dit que David était devenu à ce point un intellectuel français qu'il s'était délivré de toute appartenance à la communauté européenne d'Algérie. Comme s'il avait deviné mes pensées, David éprouva le besoin de préciser qu'on pouvait aller dans les maquis non pour combattre mais pour s'informer. Quant à lui, il avait tiré de son expérience une leçon décisive : les Algériens lutteraient jusqu'au bout et n'accepteraient aucun compromis car ils étaient divisés. De plus, et c'était tragique, une fois l'indépendance acquise il n'y aurait place en Algérie que pour des Arabo-musulmans.

David m'apprit ensuite qu'il avait refusé de signer le manifeste des cent vingt et un intellectuels contre la guerre d'Algérie. On le lui avait donc proposé? Dans les milieux proches du FLN, il s'était fait connaître comme le premier commentateur des travaux psychiatriques de Frantz Fanon, lorsque ce médecin, devenu théoricien de la violence révolutionnaire, avait travaillé à l'hôpital de Blida-Joinville. Pour tous les sartriens et chrétiens progressistes, Fanon était quelqu'un de considérable. C'est Fanon qui avait donné aux organisateurs de l'Appel le nom de David. Un jour, il avait vu arriver dans un café où il avait été convoqué Marguerite Duras et Dyonis Mascolo. La Duras? Elle-même! C'est Dyonis qui a parlé. Il voulait que David signât un appel en faveur du FLN. David a d'abord accepté. Marguerite lui dit qu'il fallait tout de même qu'il lût le texte de l'appel. David le lut. L'incitation à la désertion l'embarrassa, mais il n'en dit rien. En revanche, il demanda qu'il y eût au moins une phrase montrant que les signataires se souciaient aussi du sort des Français d'Algérie. Marguerite Duras, elle-même pied-noir d'Indochine, donna aussitôt raison à David. Après réflexion, Mascolo dit que cela ne devrait pas faire de problème, sauf que le texte du manifeste avait déjà été envoyé, signé de la plupart, et qu'il faudrait tout reprendre à zéro. David dit alors qu'il comprendrait que rien ne pût être corrigé, mais que, dans ce cas, il ne signerait pas. Marguerite Duras prit alors les choses en main. Elle convainquit Sartre, lequel la renvoya cependant à Simone de Beauvoir. C'est le «castor», comme Sartre appelait la Beauvoir, qui, elle, refusa avec mépris.

«Duras, dit David, ressemblait alors à un Cranach. Son visage, plein de force et de charme pervers, était rattaché à un trop petit corps, sans qu'on pût distinguer le cou. Lorsqu'elle tournait la tête, elle paraissait se dévisser. Son front évoquait celui d'Edith Piaf. Elle fut attentive et ferme. Elle assistait son compagnon dans un apostolat, mais avec sa vigilance. De temps à autre, elle semblait, du regard, donner un ordre à son jeune Saint-Just, effrayant, lui, de sérieux et de gravité. Mascolo obtempérait avec une sorte de résignation farouche. En partant, elle me demanda si je connaissais son œuvre. Elle attendait un "Bien sûr!", que je lui ai procuré et qui était d'ailleurs vrai. Elle m'a demandé : "Vous aimez?

« — J'adore ! »

« Elle a confirmé : "C'est beau, ce que j'écris !" Elle enviait presque le plaisir que j'avais pris à la lire et regrettait pour moi que ce plaisir fût terminé. "Mon prochain livre sera merveilleux", dit-elle. »

J'interrogeai alors David sur Lawrence d'Arabie. Bien sûr, David savait tout. Il sait tout sur tout. J'ai besoin de sa présence comme certains incroyants aiment à s'entourer de prêtres. C'est très indirectement qu'il prit des distances à l'égard de Gavin et que, sans jamais le souligner, il m'invita à en prendre. Il me dit qu'un sérieux débat était ouvert en Grande-Bretagne. Sous le mythe de Lawrence, sous l'écrivain des *Sept Piliers de la sagesse*, certains ont cru découvrir tantôt un imposteur génial, capable de mystifier Churchill lui-même ; tantôt un simple agent secret. En fait, aucune prétendue révélation n'a jamais encore altéré deux choses essentielles : d'une part, ses prodigieux exploits avec les Arabes contre les Turcs, de 1916 à 1918 ; d'autre part, sa volonté ultime de transformer en ascèse mortificatrice son narcissisme initial de conquérant. Cet homme petit (il ne mesurait que 1, 58 m !) a fini par devenir une gande âme. C'est sa fin qui devrait nous fasciner, or ce n'est pas toujours le cas...

« Tu penses à Gavin ?

— Je trouve, reprit David, qu'on ne comprend pas toujours que le remords qui a rongé Lawrence n'est pas tant d'avoir trahi les Bédouins (qu'il n'a cessé d'admirer dans le désert) que de s'être enivré de la guerre et d'y avoir cherché un absolu...

— Si je comprends bien ce que tu suggères, Gavin, lui, persisterait à chercher dans la guerre un absolu ?

— C'est un risque qu'il court et que bien d'autres d'ailleurs peuvent courir. Ah, je sais qu'il ne faut surtout pas toucher à ton Gavin qui, lui, mesure 1,84 m. Mais pour parler plus sérieusement, tu sais bien que Gavin cherche désespérément une voie. Lorsqu'il l'aura trouvée, tu sais bien qu'il n'y aura plus de place près de lui pour rien d'autre. Ni pour l'amour ni pour l'amitié . »

Ces propos de David me mirent mal à l'aise. Loin de m'éloigner, son ironie et son pessimisme n'ont fait que me rapprocher de Gavin. J'eus soudain une furieuse envie de revoir mon ami. Je me persuadai que, là où il se trouvait, Gavin avait besoin de moi. Je regrettai que ce fût David et non Gavin qui assistât aux obsèques de mon père.

A l'arrivée à Maison-Blanche, les parents de David et les miens nous attendaient ensemble. Sans être amis, ils étaient proches. Ils s'étaient rapprochés. Mon père, dès la capitulation, avait renié Pétain et Maurras. Dès les lois de Vichy, il avait manifesté sa solidarité à David et aux siens. Depuis, il y avait eu partout, traversant nos propres familles, les discussions nées de la guerre d'Algérie. David avait rompu avec l'un de ses frères. Mon oncle anticlérical avait fait de l'archevêque Duval, soupçonné de sympathies pour le FLN, sa tête de Turc. Ma nièce avait été dénoncée par les ultras qui devaient plus tard former l'OAS.

David ne m'a pas quitté pendant la cérémonie funèbre. A la cathédrale, c'est l'archevêque Duval qui a prononcé un sermon. J'ai demandé à David ce qu'il en avait pensé. Il m'a répondu qu'il ne supportait plus qu'on pût louer Dieu pour la souffrance qu'il dispensait. Il avait quitté un jour un office dans une synagogue pour cette raison. Il n'était resté que par amitié pour moi et par respect pour le courage de l'archevêque.

Nos parents, heureux de nous voir arriver, le furent plus encore de nous voir partir. Ils s'étaient persuadés que nos têtes avaient été mises à prix par les contre-terroristes euro-péens. Avant de reprendre l'avion, David a té-léphoné à Vanina et il m'a passé ensuite le ré-cepteur. Elle m'a dit, comme d'habitude: «Dieu vous garde.» Il m'arrive, aujourd'hui encore, de regretter de ne plus entendre cette bénédiction, dite avec tant de conviction et de naturel que je me sentais toujours protégé par elle.

*
* *

C'est trois mois plus tard que nous avons appris que Gavin avait été blessé près de la frontière tunisienne. Après avoir passé un mois en Angleterre et en Bretagne, il était tout de même resté deux mois entiers dans les maquis. Un record: personne n'avait été ad-mis, n'avait voulu, n'avait réussi à rester si longtemps. C'est en Tunisie, où je me trouvais alors, et où les maquisards avaient réussi à le transporter, que j'appris sa présence sur le terre-plein qui bordait l'hôpital Charles-Nicolle. L'hôpital regorgeant de blessés, on en avait parqué là une cinquantaine. Ils attendaient sur des brancards ou des civières de fortune d'être répartis un peu partout. Une longue plainte partait du sol où reposaient les blessés : des murmures s'amplifiant clamaient la détresse du monde. Des familles recherchaient les parents qu'elles espéraient et redoutaient de découvrir. Certains blessés avaient rejeté les couvertures, trop lourdes et trop rêches, qui écorchaient leurs plaies. Je m'alarmai : comment faire en sorte que Gavin fût bien soigné, puisque aucun représentant de l'ambassade de Grande-Bretagne ne paraissait s'en inquiéter? J'avais sans doute noué de solides liens dans le nouveau gouvernement tunisien de l'indépendance, celui de Bourguiba, mais je me rappelai soudain que mes parents disposaient d'une certaine influence auprès des religieuses d'Alger et de Tunis. Je me rendis chez l'évêque de Carthage, auquel mon nom évoqua la célèbre Emilie de Vialar, fondatrice des Sœurs de Saint-Joseph-de-l'Apparition, première mission chrétienne dès

213

après la conquête de l'Algérie. Ma discrétion sur ce point fut sans doute interprétée comme de l'humilité.

J'obtins que Gavin fût évacué vers la clinique des sœurs augustines. Quelle clinique! Un ancien couvent, je crois. On y accédait par un petit chemin recouvert de feuilles tombées des eucalyptus géants, bordé de lauriers et de chèvrefeuilles; les oiseaux y chantaient aussi consciencieusement qu'à Assise. Un chemin où il semblait que déjà, avant d'entrer au couvent, on progressait avec une heureuse lenteur du plaisir vers la béatitude. Ce jour-là, me dirigeant vers la chambre de mon ami, j'aperçus, me précédant, deux infirmières, c'est-à-dire deux sœurs augustines, belles et probablement touchées, comme il se doit, par la grâce. Elles avançaient à petits pas japonais et rapides, et elles ont ouvert la porte de la chambre où reposait mon ami. Nous étions toujours au soleil pendant la guerre d'Algérie et Gavin avait une façon d'engranger les rayons de lumière qui procuraient à son corps une sorte de triomphe permanent. Blessé, on l'avait d'abord laissé pour mort. Mais il avait survécu à vingt jours de charcutage, d'opérations successives, avec des pansements qui recouvraient tout le torse, la hanche et une partie de la cuisse droite. Lorsque j'entrai dans la chambre de Gavin, je l'ai aperçu qui dormait sous le regard des religieuses. L'une des sœurs avait découvert le corps du malade et tenait le drap de manière que l'autre pût contempler ce corps à peine visible mais où, c'est vrai, je m'en rendais bien compte maintenant, tout restait de la fiévreuse stature et des nobles lignes du corps de mon ami. La cuisse qu'il bougeait malgré son sommeil, peut-être parce qu'il souffrait dans son rêve, était couleur de miel, et je voyais les deux sœurs augustines, qui ne s'étaient pas encore aperçues de ma présence, émues par quelque révélation puisque la souffrance ici avivait et sublimait la beauté. Dès qu'elles me virent, elles rabattirent le drap et, sans aucune gêne, repartirent. «C'est le corps le plus émouvant que nous ayons jamais eu à soigner ici», me dit la plus âgée des deux religieuses en me regardant droit dans les yeux.

Une délégation de l'état-major politique algérien vint rendre visite à Gavin. Ils étaient quatre; deux avaient rang de «ministres», dans ce gouvernement en exil. Je les connaissais tous, et en particulier l'un d'entre eux, dont le frère était mon condisciple à Alger, et qui avait été arrêté, torturé et défenestré. Ce drame avait fait basculer du côté des Algériens plusieurs grands universitaires catholiques, dont René Capitant et Henri Marrou. Gavin se redressa avec peine sur son lit pour les recevoir. Il n'était pas dans ses bons jours. On venait de le sevrer de la morphine, qui l'avait mis dans un état de grâce pendant toute une semaine. Il fit même une grimace lorsque le chef de la délégation prit un air solennel pour dire : « Frère Gavin Gale, nous t'apportons le salut reconnaissant de la Révolution algérienne. » Le courant ne passait pas. Ces Algériens d'ordinaire chaleureux s'étaient camisolés dans un discours de circonstance qui assommait mon Britannique, tiraillé entre la souffrance et la pudeur. Je tentai de nous tirer tous d'un malaise qui s'installait en posant des questions sur les espoirs de paix et sur la confiance que l'on pouvait faire à de Gaulle (nous étions en 1961). Le chef de la délégation, toujours lui, me dit avec moins de solennité et même plus d'abandon qu'il était heureux, mais qu'il n'était pas surpris, de me voir secourir et assister un ami de la Révolution algérienne et que, comme j'étais de plus né en Algérie, j'étais des leurs. Ils sortirent.

Je fis observer à Gavin qu'il n'avait pas été très aimable avec ses compagnons d'armes. Il me répondit que, précisément, ces hommes n'avaient jamais été ses compagnons d'armes et qu'ils n'avaient rien à voir avec les maquisards qui l'avaient accueilli, recueilli, lui, Gavin, et qui l'avaient protégé, allant jusqu'à prendre parfois tous les risques. Le jour où il avait été blessé, trois d'entre eux étaient morts en combattant à ses côtés, et peut-être pour lui éviter, à lui, Gavin, d'être tué. Ces maquisards parlaient kabyle et français. Ils ne comprenaient pas l'arabe de Gavin. Ils ne reconnaissaient même pas les versets du Coran lorsque Gavin les récitait. Plus Gavin évoquait les paysans qui l'avaient transporté sur une civière dans les sentiers de montagne et plus il paraissait fébrile. Gavin me révéla qu'il avait été admis dans un état-major de maquisards et qu'il leur avait donné ses conseils. Ne pas s'entre-tuer, ne pas faire régner la terreur dans les villages civils, ne pas condamner les discordances à l'intérieur de la Résistance. Surtout, éviter les conflits avec les alliés marocains et tunisiens, avec tous les amis arabes. N'était-ce pas de Tunis que parvenaient les ordres de liquidation des tribus factieuses? Il avait des raisons de l'imaginer. Je pensais qu'il commençait à se comporter vraiment comme Lawrence d'Arabie. Il m'a deviné et m'a regardé pour me signifier : «Pourquoi pas?» Une jeune Algérienne vint lui apporter des dattes, des gâteaux au miel et des fleurs. Gavin et moi fûmes saisis en la contemplant. Gavin me demanda si elle me rappelait ce qu'elle évoquait pour lui. «Oui, lui dis-je, la *Jeune Orpheline au cimetière* de Delacroix que nous avons vue au Louvre. Tu avais même dit qu'elle te faisait penser à un personnage de la chapelle Sixtine, dans la *Création de l'homme.*» Nous avons souri de complicité. En fait, il ne s'agissait pas de communion mais de divination : j'avais deviné en regardant la jeune Algérienne ce qu'elle évoquerait chez Gavin, alors qu'elle n'éveillait chez moi aucun souvenir. Gavin s'apaisa avant de s'assoupir.

Je venais voir mon ami tous les jours et j'y

rencontrais les jeunes femmes qu'il était censé avoir séduites, ou qui regrettaient de ne pas l'avoir été. J'évoque leur visage avec une tendresse éblouie. Je me souviens d'une Grecque, d'une Américaine, d'une Tunisienne et de deux Françaises. J'aurais la possibilité de les peindre chacune, ou plutôt de les dépeindre. Je les ai en quelque sorte toutes aimées, pendant ces journées. Nous étions en juillet, c'était la canicule, ces jeunes femmes avaient des robes de plage, elles étaient vives, éclatantes, gourmandes de vie, intenses de sentiments. On n'était pas sûr que mon ami s'en sortirait. Les religieuses laissaient entendre leurs prières. Jamais chambre d'hôpital, jamais lieu de souffrance ne fut traversé par tant d'appels à la beauté et à la vie, par tant de sensualité et de mystique, comme si, parce qu'il était lui-même jeune et beau et que sa blessure avait été héroïque, toutes les forces de la vie et du plaisir s'étaient réunies pour retenir de leur côté ce jeune corps de prince que la mort leur disputait.

Un matin où j'entrais dans sa chambre de bonne heure, peu après que les religieuses lui eurent fait sa toilette et qu'il se fut rasé sans trop de difficulté, je vis un Gavin ressuscité et loquace. Je ne savais à quelle drogue attribuer ce sursaut et je me mis à lui parler de tout et de n'importe quoi. De tout, y compris de la beauté des jeunes filles qui venaient le voir. Il eut l'air ravi de ce que je lui disais et il me dit : «Toi et moi savons ce qu'un David n'apprendra jamais, lui qui est engagé dans toutes les grandes causes. L'injustice, ce n'est pas qu'il y ait du mal ou de la souffrance : ils atteignent tout le monde. C'est qu'il y ait de la laideur, car elle s'abat sur quelques-uns.»

Je réfléchis en silence à ce que Gavin disait. Je ne le croyais pas sensible à l'injustice. Je lui dis des banalités : qu'il y a des laideurs qui attirent, des beautés qui repoussent, que les critères changent, etc. Comme s'il était certain que je n'étais pas convaincu de ce que je lui opposais, il reprit :

«Ne penses-tu pas que la beauté est un insolent privilège, une grâce irremplaçable, gratuitement distribués et qui rejettent les autres dans une masse indistincte et médiocre ?

— David te répondrait que la misère et l'humiliation ne favorisent pas précisément la beauté.

— Ce n'est pas à David que je pose la question, c'est à toi.

— Eh bien, moi, je te ferai observer que c'est contre l'humiliation et la misère imposées aux Arabes que tu te bats à leur côté...

— Eh bien, finalement non. Ce qui me paraît exaltant chez les Arabes, c'est la grandeur esthétique de leur utopie unitaire... C'est leur insatiable nostalgie épique. Pour le reste, il y aura toujours des humanistes, des David, et la part de toi qui ressemble à David.»

Comme je restais silencieux, il reprit : «Je ne t'ennuierai plus avec Lawrence. Mais crois-tu que ton Malraux, votre Malraux à David et à toi, se soit jamais intéressé à la misère des petits Chinois ou à la détresse du prolétariat espagnol? *L'Espoir*, qu'il a écrit, est un espoir dans le dépassement de l'homme et non dans la société sans classes.»

Il eut soudain l'air de souffrir de sa hanche. En un instant il avait changé. Il était livide. Il tremblait. Je me suis dit qu'il pourrait mourir. J'eus envie de lui demander s'il croyait en Dieu, s'il avait besoin d'un prêtre. Dans ce couvent tout le monde priait pour lui. Je n'ai pas osé. Je lui ai demandé ce qu'il pensait de la guerre. Il a esquissé un faible sourire : «Mais Hector, elle fait partie de l'histoire des hommes...»

Je m'apprêtais à partir et j'avais la main sur la poignée de la porte lorsque Gavin m'a demandé quand je comptais retourner en Algérie. Je lui ai dit : dès que tu iras mieux. Il m'a demandé de m'approcher, m'a attiré vers lui et m'a embrassé en me disant : «Pour ton père, j'ai appris. J'ai regretté de ne pas être là. Sois prudent en Algérie.» Je me suis à nouveau dirigé vers la porte lorsqu'il a ajouté :

«Tu te souviens de Notre-Dame : c'est devant le parvis que nous nous sommes donné l'accolade pour la première fois.

— Non, ce n'était pas devant le parvis de Notre-Dame. C'était à l'hôtel Régina, place des Pyramides.»

Cette occasion que j'eus de corriger une erreur brisa toute sensiblerie. D'un sourire, il m'en remercia.

La veille de mon départ pour l'Algérie, je trouvai dans la chambre de Gavin une jeune fille aussi belle mais plus singulière et, dès le premier instant, plus attachante que les autres. Ses gestes retenus contrastaient avec la profondeur de son regard comme avec la détermination de sa démarche. Sa façon d'aspirer la fumée de sa cigarette en creusant ses joues lui donnait du quant-à-soi et de la superbe. J'osai observer qu'il ne fallait peut-être pas fumer dans la chambre d'un malade. Elle répondit qu'elle en avait eu la permission. Je lui demandai si elle connaissait Gavin depuis longtemps. «Suffisamment», dit-elle, avec un léger accent d'impatience et de défi. J'observai, non sans perfidie, que Gavin ne m'avait jamais parlé d'elle, ce qui était vrai. Elle négligea mes insinuations, précisa qu'elle s'appelait Gwenaelle, et me dit qu'en revanche, pour sa part, elle n'avait que trop entendu parler de moi. Elle me demanda ensuite si tout cela avait une quelconque importance. Elle était décidément très belle, mais je n'arrivais pas, je n'arrive pas encore, à définir cette

223

beauté comme je le voudrais. J'y reviendrai.
Très belle, je le répète, mais très dure aussi.
Elle était dénuée de toute coquetterie, non
dans sa mise, qui révélait un goût très sûr,
mais dans son rapport avec autrui. Pas le
moindre souci de plaire, le moindre regard
pour charmer. Au point que chaque fois
qu'elle ramenait en arrière quelques mèches de
sa longue chevelure, ce qui a toujours été à
mes yeux l'un des plus beaux gestes que la
féminité ait inventés pour séduire, elle avait
une sorte de repentir qui lui faisait précipiter
et raccourcir le mouvement amorcé. Je lui
demandai si elle comptait rester longtemps
auprès de Gavin. Cela ne valait pas la peine
que nous fussions deux, et d'ailleurs, depuis un
certain temps, Gavin, dont l'état restait indécis,
supportait mal qu'il y eût plus d'une personne
dans sa chambre. D'une voix très calme, très
posée, elle me répondit que je n'avais pas l'air
de très bien comprendre la situation. Elle
comptait être là tout le temps. Elle avait pris
toutes ses dispositions.

« Vous dites : tout le temps ? »

Elle sourit pour rendre courtois un avertissement qu'elle voulait définitif :

«Chaque fois que vous viendrez, vous me trouverez.»

Elle a tiré sur sa cigarette avant d'ajouter : «Parce que c'est ma place.»

Autrement dit, elle me traitait en rival. Gavin me regarda en faisant un signe où je crus comprendre plusieurs choses à la fois : qu'il était las et qu'il n'avait pas envie de faire un commentaire; que, de toute manière, il ne se fût pas risqué à le faire devant elle; qu'enfin, il me conseillait de partir. Il me demanda de me pencher vers lui et me dit à l'oreille : «Il faudra qu'on en parle plus tard.» Je n'étais pas plus avancé. J'ai vu cependant Gavin la regarder avec un sourire admiratif et soumis.

Je regagnai Alger et ses drames, Paris et ses plaisirs tourmentés. Je ne revins que trois semaines plus tard, appelé par l'un des médecins de Gavin, un communiste sportif qui effarouchait les augustines, et qui était de mes amis. Il m'informa qu'on redoutait pour Gavin une septicémie. La fièvre n'était plus jugulée par les antibiotiques. Le jour de mon retour, chargé de victuailles, j'allai droit chez Gavin avec l'intention de lui redonner goût à la nourriture, en partageant avec lui ce que je rapportais.

Pour parvenir jusqu'à sa chambre, les échafaudages d'un couloir en réfection me firent passer devant la chapelle du couvent qui jouxtait la clinique, lorsqu'il m'a semblé apercevoir, recueillie et coiffée d'un châle noir, une silhouette familière. J'entrai, ayant presque deviné qui j'allais découvrir... Vanina, qui était venue voir Gavin avec David. Notre Vanina, avec son visage rempli de gravité et de lumière : une icône de combat! Elle m'avait attendu. Elle n'aurait voulu pour rien au monde me manquer. Mais maintenant, elle ne pouvait plus s'attarder. Avec David, elle avait un avion à prendre. J'ai tout de même eu le temps de demander à David ce qu'il pensait, comme médecin, de l'état de Gavin. Il m'a répondu qu'aucun organe vital n'était atteint, mais qu'il faudrait probablement recourir à une nouvelle opération pour découvrir les raisons de la persistance de cette fièvre. Vanina n'avait cessé de garder ma main dans la sienne. En m'embrassant, elle m'a dit une nouvelle fois, de sa voix chaude et basse : «Dieu vous garde, Hector...» Vanina vivait sous le regard de Dieu et, par son truchement, j'étais toujours prêt à redevenir croyant.

J'arrivai chez Gavin et c'est Gwenaelle qui m'accueillit. Aussi belle, moins crispée, moins dure. Plus disposée à me parler, me sembla-t-il. Désormais assurée d'être à sa place et rayonnante.

La chambre de Gavin était transformée. Gwenaelle avait entièrement changé la disposition des quelques meubles. Elle l'avait discrètement garnie de fleurs éclatantes, avait placé sur les murs des reproductions de Klee sur la Tunisie, de Delacroix sur le Maroc et une miniature de Ben Abdallah sur une commode. Il y avait sur la table de chevet un livre de Roger Stéphane sur Lawrence, de la marmelade d'écorces d'oranges amères, des chocolats «After Eight» et tout un assortiment de produits de toilette anglais que la femme d'un peintre de Sidi-Bou-Saïd avait réussi à lui procurer. Quels produits! Toute la gamme des *Penhaligon's* et dès *Trumper's*. Tous les flacons soulignaient que le parfumeur était fournisseur de Sa Majesté, *«by appointment of...»*. Il y avait surtout cette eau de toilette n° 89 de Floris, dans laquelle, parmi les odeurs de santal, d'iris et de mousse de chêne, celle du vétiver dominait. C'était la seule faiblesse que j'aie jamais connue chez Gavin, qui était capable d'ascétisme dans tous les autres domaines. Je n'étais pas insensible aux odeurs, mais j'étais totalement ignorant des parfums. J'admirais d'autant plus que Gwenaelle ait su trouver ce qui identifiait le mieux Gavin lorsqu'il entrait quelque part : un subtil et invisible nuage de vétiver le précédait.

Gwenaelle était devenue familière des garçons et des filles de salle et s'était fait admettre par les sœurs comme par la mère supérieure. Il me sembla que la clinique était organisée par elle autour de Gavin. Les jeunes visiteuses avaient d'elles-mêmes renoncé à venir. Elles passaient par Gwenaelle pour avoir des nouvelles. Lorsque j'entrai dans la chambre, Gwenaelle était en train de lire à Gavin des articles de l'*Observer* et du *Guardian*. Elle suspendit sa lecture pour accueillir un médecin, qui s'adressa à elle comme à une femme responsable. Elle fit, avec lui et pour moi, le point sur l'état de santé de Gavin, sans ménagement, sans dramatisation, avec la ferme certitude que le combat de Gavin contre la mort était le sien et qu'elle s'en chargeait.

Je commençai à désempaqueter les victuailles que j'avais apportées. J'avais choisi tout ce que Gavin aimait quand il se trouvait en Méditerranée. Des crevettes, des figues noires glacées, le vin gris et les glaces italiennes, des galettes croquantes et salées. Gavin n'était tenté par rien. Il a repoussé le tout en murmurant : «De toute manière, cela ne durera pas longtemps.» Qu'est-ce qui ne durerait pas longtemps? Je pouvais être assuré, selon lui, de ne rien retrouver dans moins de deux heures. Gwenaelle aurait tout dévoré. «C'est vrai, confirma-t-elle avec une gravité candide, je ne peux m'en passer.» «Elle ne peut s'en passer, reprit Gavin avec un sourire désarmé, et comme elle le fait en arpentant la chambre devant moi, cela m'indispose.» Gwenaelle sortit.

Je m'apprêtais à raconter à Gavin ce qui se passait à Paris, à Londres, à Alger, lorsque, décourageant mes propos, il me demanda de vérifier que la porte était fermée. Puis, s'accrochant à la potence, ce triangle d'acier qui, au-dessus du lit, sert de point d'appui, il me pria de placer derrière son dos tous les coussins qui se trouvaient sur les sièges. Ainsi redressé et calé, il rassembla ses forces pour me confier son histoire avec Gwenaelle. Il était congestionné et s'exprimait tantôt en anglais, tantôt en français. Il me dit, dès l'abord, qu'il se découvrait un attachement pour elle bien plus grand qu'il n'aurait pu s'y attendre en vivant une aventure en Bretagne, dans une étrange maison, avec des parents pleins de fantaisie et des amis superficiels, tout entiers consacrés aux exploits hippiques. Selon Gavin, il fallait imaginer Gwenaelle sur un cheval pour savoir ce qu'étaient le défi et la grâce. Il avait passé quelques jours à l'admirer dans cette demeure et dans les parcs. Le dernier matin, peu avant le départ, Gwenaelle, qui avait manifesté l'indifférence la plus totale jusque-là, qui ne lui avait pas une seule fois adressé la parole, s'était donnée à lui. Après un long silence, où je devinais que Gavin évoquait l'intensité des étreintes, il entreprit de me confier que la réputation qu'on lui avait faite était absurde. Il courtisait sans conviction, se laissait courtiser sans déplaisir, mais faisait rarement l'amour. Avec Gwenaelle, tout avait été bouleversé. Au point que, Dieu le damne, il avait failli remettre son voyage en Algérie, son rendez-vous avec les maquisards! «J'ai commencé à découvrir avec elle ce que veut dire l'expression "ne plus s'appartenir".» Il avait alors voulu fuir une fièvre amoureuse qui, en quelques jours, menaçait de se transformer en dépendance.

Revenu à Tunis, il avait trouvé un télégramme. Fier et tendre. Puis, ç'avait été la blessure dans le Constantinois. A l'hôpital de Tunis, on lui avait montré la presse. La nouvelle de sa blessure avait fait un bruit énorme. Nouveau télégramme de Gwenaelle. Elle demandait la permission de venir. Gavin ne le sut pas sur le moment, son courrier ne lui parvenant pas encore. Dans les nuits de délire, on lui dit plus tard qu'il l'appelait, lui parlait, répétait son nom. Aujourd'hui, il ne savait plus où il en était. Il avait eu envie de souffrir tranquillement. Mais depuis qu'elle était revenue, il acceptait son règne.

Je sortis à mon tour de la chambre et rejoignis Gwenaelle. Assise dans la salle d'attente, ses grands yeux fixés sur le sol, elle ne m'a pas regardé m'asseoir à côté d'elle. Elle a com-

mencé aussitôt son récit par une question :
« Connaissez-vous Bronislav ?

— Oui, bien sûr. » C'était un Yougoslave
devenu correspondant d'une agence de
presse britannique. C'est par lui qu'elle avait
connu Gavin. Après un long, trop long silence,
pendant lequel elle ne cessa de fumer, elle me
dit que dès qu'elle avait appris la nouvelle de
la blessure de Gavin, elle avait téléphoné à
Bronislav qui lui avait fait des révélations.
Lesquelles ? Gwenaelle ne me regardait toujours pas. Elle m'apprit que, selon Bronislav,
si Gavin était à peu près sûr de conserver sa
jambe blessée, s'il était désormais exclu qu'on
l'amputât, il était en revanche certain de rester stérile. Une balle avait traversé les *tissus
interstitiels.* Pour la jambe j'étais un peu
moins rassuré qu'elle, mais j'ignorais tout de
cette histoire de stérilité. On me l'avait donc
cachée. Même à moi. C'était d'autant plus singulier que je ne quittais alors pratiquement
pas les médecins. Gwenaelle faisait peu de cas
de mes surprises. Elle prenait son temps
comme si elle se parlait à elle-même. « Le plus
étrange, c'est que quand Bronislav m'a appris
cela avec une sérénité presque médicale, il ne

pouvait se douter que j'étais enceinte de Gavin.» Gwenaelle tourna enfin son regard vers moi. C'était pour vérifier l'effet qu'elle produisait. Elle a insisté avec calme : «Oui, je porte un enfant de votre ami.» Je me suis levé. Je ne sais pas ce qui s'est alors passé en moi. Jalousie que le sort d'un échange sexuel fît jouer à cette inconnue un rôle plus important que le mien? Emotion devant cette jeune fille soudain devenue femme, si forte, si contrôlée, encore plus belle et comme transfigurée par une responsabilité qui la plaçait au-dessus du commun? Je lui ai demandé : «C'est donc cela qui vous a fait venir ici?

— Comme vous avez l'air d'exclure que je puisse l'aimer, me dit-elle, disons en effet que c'est aussi cela. Je ne me suis pas senti le droit de faire disparaître un enfant de Gavin alors que je pensais qu'il ne pourrait plus en avoir.

— Mais Gavin le sait-il?

— Non, dit-elle, car ce n'est plus la peine.

— Qu'est-ce que cela veut dire? ai-je déclaré brutalement.

— Cela veut dire, reprit-elle en articulant avec hauteur, que pendant votre absence j'ai appris que ce que m'avait dit Bronislav était faux. Il est vrai que les balles ont traversé les tissus interstitiels, mais elles n'ont pas atteint les bourses. Un médecin tunisien a cru pouvoir redouter un moment que Gavin reste stérile. Dès le lendemain, il n'en était plus question. Simplement Bronislav avait été là lorsque le médecin formulait son hypothèse et sa crainte. Alors Gavin, aujourd'hui, ne sait rien de ce qu'on a redouté pour sa sexualité et il n'a jamais su non plus que j'attendais un enfant de lui. Autrement dit, maintenant, c'est seulement mon affaire. Elle ne regarde que moi et j'ai décidé de vous faire confiance pour ne rien dire à Gavin. Ni à lui, ni à personne. L'ennui, c'est que j'ai tout le temps faim et que cela est difficilement maîtrisable. Je me jette sur tout ce qu'on apporte à Gavin.»

Elle regagna la chambre de Gavin sans me laisser réagir. Je ne savais d'ailleurs plus quoi dire. C'est à ce moment précis, je crois, que tous mes sentiments pour elle se sont modifiés. Je ne la contemplais plus de la même façon. J'avais soudain envie de mieux la connaître. Elle m'attirait et m'intimidait. Elle me paraissait encore plus impénétrable qu'avant ses confidences. Elle avait une dizaine d'années de moins que Gavin et moi-même, mais elle semblait bien plus forte que nous deux. J'avais cru jusque-là que je ne pourrais jamais trouver complètement belle une femme qui ne serait pas, d'un certain côté, fragile. Dans les grands yeux bleu d'acier de cette jeune fille de vingt-deux ans, la force faisait exploser la beauté. Je me suis alors demandé si Gavin qui était, quoi qu'il en ait dit, couvert de femmes pourrait, saurait distinguer celle-là qui, décidément, ne ressemblait à aucune autre. Un peu, d'une certaine façon, comme cette Vanina que David avait su ne pas laisser échapper. Sans m'en rendre compte, je suis passé à cet instant dans le camp de Gwenaelle, comme si je souhaitais qu'elle et Gavin fussent dans des camps séparés et hostiles. Et je crois bien que, pendant un certain temps, alors que nous étions à nouveau inquiets pour la santé de Gavin, je me suis éloigné de ce dernier avec des sentiments qui oscillaient entre l'envie, l'amertume et la colère. Je n'ai pas pu retourner dans la chambre de Gavin. Je suis parti pour mon hôtel. C'était l'heure de l'appel à la prière. Une sorte de plainte brisée et amoureuse, aux accents de fado portugais, me parvint, comme si un émule d'Amalia Rodrigues avait au dernier moment remplacé un muezzin défaillant. Je me suis étendu sur mon lit pendant quelques heures, les mains derrière la nuque, et regardant le plafond comme dans mon adolescence avec, dans la perception marginale que permettait la fenêtre, les couleurs vertes et jaunes d'un ciel crépusculaire au-dessus des terrasses.

Je pensais à Gwenaelle. J'étais proche d'elle, puisque j'étais dépositaire unique de son secret. Le côté orgueilleux de sa générosité m'embarrassait parce qu'il m'en imposait. Gwenaelle en somme refusait que Gavin pût la choisir parce qu'elle portait un enfant de lui. Mais elle était prête à le porter jusqu'à terme, si cela avait été pour Gavin la seule occasion d'en avoir — et s'il en avait voulu. J'avais beau retourner la question dans tous les sens, ce lien entre elle et lui était plus fort, même inconnu de Gavin, que le secret que je partageais avec elle. Mais enfin, cet enfant, puisque j'étais seul à en connaître l'existence, n'était-il pas un peu le mien? Mes sentiments achevèrent de devenir troubles. Après m'être par anticipation indigné que Gavin pût n'être pas

236

capable de discerner les mérites de Gwenaelle, je me pris à douter que lui-même la méritât. En imagination, je parlai longuement à Gwenaelle. Je parvins à un tel degré d'intimité fictive avec elle que le soir, il me parut normal de prolonger l'entretien. Je l'invitai à dîner. Elle accepta sans hésiter, comme si elle avait fait de son côté le même cheminement secret et solitaire.

Nous nous retrouvâmes au bas de la petite côte qui monte vers Sidi-Bou-Saïd. Il y avait des couples joueurs; le cri des hirondelles était mélancolique; le crépuscule n'en finissait pas de s'attarder dans le parfum des jasmins. Tout invitait à une passivité douceâtre. J'entraînai Gwenaelle vers le cimetière arabe qui domine la mer et qui, à l'époque, était libre d'accès. Entre les dalles blanches, on pouvait voir le reflet des premiers rayons de lune. Une vraie carte postale, observa Gwenaelle. Je pensai à la fois qu'elle avait raison, et qu'elle disait cela pour prendre de la distance dès les premiers moments. Je pensai aussi que j'avais un faible pour les cartes postales.

«Qu'est-ce que vous allez faire, Gwenaelle, maintenant?

— En tout cas, je ne dirai rien à Gavin.

— En avez-vous le droit?

— Ce n'est pas un mot pour moi. Je ne me pose jamais ce genre de questions. Pas en ces termes. J'ai cru que j'étais enceinte avant que Gavin ne soit blessé. A ce moment-là je voulais faire disparaître l'enfant. Tout redevient simple.

— Ce qui est changé, ce sont les jours que vous venez de passer près de lui. C'est le geste que vous avez voulu faire pour lui. Est-ce que vous l'auriez fait pour n'importe qui?

— Je ne sais pas. Je déteste ces questions. Je fais ce que je sens.

— Savez-vous, Gwenaelle, quel est le plus beau tableau du monde?

— Je ne vois pas très bien le rapport. Je sens un piège.

— C'est la *Madonna del parto*, la Vierge de l'enfantement. Elle se trouve en Toscane, à Monterchi, dans la chapelle du Camposanto. Gavin et moi l'avons admirée ensemble l'été dernier. Piero della Francesca y a peint une jeune femme enceinte et qui a vos cheveux. Elle désigne de sa main droite son ventre, qui révèle l'incarnation. Cela date de 1460, je crois. Je n'ai rien vu de plus beau.»

J'ai menti à Gwenaelle. Ce n'est pas avec Gavin que j'ai admiré ce tableau. C'est avec Vanina et David. C'est Vanina qui nous avait emmenés le voir. De plus, en disant cela, je ne savais pas si je désirais rendre hommage à la beauté de Gwenaelle ou la dissuader de recourir à un avortement. L'ambiguïté ne lui a pas échappé.

«Ecoutez, Hector. Je me sens bien avec vous, ici, ce soir, à cette minute. Je comprends l'amitié que vous porte Gavin. Une amitié exclusive et presque secrète. Il baisse la voix quand il parle de vous. La guerre, l'amour, il n'y a que cela qui compte entre lui et vous. Et puis, il y a l'Angleterre avant la guerre, l'Angleterre après la guerre. Il y a surtout cette Méditerranée, ces pays du Sud. J'ai du mal à m'insérer dans cet univers. Ce que je sais, ce que je sens, c'est que vous et moi, nous ne devons pas jouer à nous revoir.»

Qu'elle était belle. Je crois que je comprends mieux le secret de sa beauté. Des yeux au regard impassible et profond, des yeux qui ne savent pas, ne peuvent pas pleurer, mais qui reflètent une sorte de robuste désespoir. Nous avons dîné et alors que j'étais uniquement soucieux de tout connaître d'elle, Gwenaelle a réussi à me faire parler de ma famille, de mon travail, de David qui l'intriguait et de Vanina dont elle avait peur.

Gwenaelle s'est mise à violer ce que Gavin lui avait dit être mon jardin secret en évoquant Ravel. Elle savait d'évidence que je détestais parler de la musique et que, d'une manière générale, j'évitais d'aborder ce que l'on appelle la culture. David sait le faire. Moi non. Je l'accepte de lui. Pas des autres. On ne peut plus prendre le moindre plaisir qui ne soit aussitôt fiché, recensé, répertorié, classé, jugé. J'aime les livres. Je n'aime pas l'univers des littérateurs. J'ai un rapport intime avec Ravel et je veux le mettre à l'abri des *commentaires*. Et voilà que, malgré cela, je me suis mis à parler de lui. A dire que Ravel était un prophète délicat. Un précurseur discret. Inférieur peut-être à Stravinski, qui, avec ses dissonances tintamarresques, inaugure le siècle comme Picasso et qui n'en finit pas d'*annoncer* et de proclamer qu'il *annonce*. Et bien sûr, il est facile de retrouver Stravinski chez tous les successeurs bavards. Ravel s'est contenté, lui, de répandre quelques semences audacieuses, insolites, exquises, et on les a vues germer chez tous les ingrats.

Alors Gwenaelle, je me souviens de ce moment où vous m'avez fait parler de Ravel. Vous étiez fine sans être douce. Attentive sans être tendre. Séduisante sans être sensuelle, et j'étais là, devant vous, toute garde baissée, rempli de désir et de dévotion, sachant que j'abdiquais devant l'impossible. Je vous dis «vous». Je dis «vous» à tous ceux que j'aime. Vous n'aurez jamais su combien cet instant où j'ai évoqué la valse, la pavane et le concerto aura compté. Ce fut ma façon de prier avec vous, parce que vous me révéliez à moi-même. Après Gavin, après vous, c'est une autre vie qui commencera pour moi. Loin de vous. Marquée par vous.

Il faisait très chaud, la nuit était bleue, et près du restaurant, où nous étions à cette heure-là seuls, la plage était déserte. Nous sommes allés nous baigner. Nous n'avions pas de maillot. Elle ne s'en est pas souciée. Elle s'est dévêtue sans gêne ni impudeur, d'une manière qui excluait chez moi l'ambiguïté que

241

j'eusse souhaité. Elle était simplement somp-
tueuse en ombre chinoise qui glissait dans
l'eau. J'eus le sentiment d'être nié. J'ai dit que
Gwenaelle n'était pas coquette. J'avais cru l'en
admirer davantage. Maintenant je regrettais
que sa féminité ne la conduisît pas à souhaiter
mon amitié amoureuse, à laisser planer une
sorte d'incertitude, donc d'espérance. Sa net-
teté me privait d'un flirt auquel tout invitait
autour de nous, la nuit et ses parfums, le bruit
du ressac, le frémissement amoureux dans
l'air, sa nudité, le fait qu'elle portait un enfant,
l'inquiétude que nous avions pour la vie de
Gavin.

Avant de regagner notre hôtel, nous avons
marché, dans la nuit devenue plus vive, jusqu'à Carthage. Elle m'a pris le bras. Je lui ai
demandé à quoi selon elle on pouvait reconnaître que l'on aimait. Gwenaelle redouta que
je voulusse la conduire à décrire les sentiments
que je sentais naître en moi pour elle. Elle
évita mon piège éventuel en répondant :

«Autrement dit, vous me demandez ce qui
me fait penser que j'aime Gavin. D'abord au
fait que je ne me suis pas posé la question.
Maintenant que vous me la posez, cette ques-

tion, je pense que c'est au fait que je vis dans l'inquiétude permanente de le perdre. Il ne sait pas lui-même s'il va s'en tirer et, entre deux souffrances, il rêve déjà à d'autres guerres. Quand il parle de Lawrence d'Arabie, il s'éloigne. C'est ce Lawrence, mon vrai rival.»

Moi je pensais déjà que mon vrai rival auprès de Gwenaelle, c'était Gavin... Nous sommes restés assez longtemps silencieux. J'eus l'impression que la pression de sa main douce sur mon bras nu devenait plus intime. Je crus à une légère complicité des sens et j'eus un bonheur fugace. L'a-t-elle partagé? Elle y mit fin en tout cas en disant que décidément elle n'aimait pas le Sud. Elle ne se sentait pas chez elle sur les plages non lavées par la marée, ni devant les visages qui ne portaient pas de traces d'embruns. «J'aime voir le vent chasser les nuages», dit-elle sur un ton de regret. Au moment où, dans un langage à peine codé, elle me signifiait que, de toute façon, elle n'aurait pu s'entendre avec moi, je pensai qu'aimer, c'était peut-être être inquiet, mais que c'était aussi sortir de soi, se quitter, s'abandonner, jusqu'à se nier et même se renier pour adopter soudain ce qu'on croyait contraire à soi.

Le lendemain, Gavin allait mieux. La fièvre était tombée. Il n'était plus question d'opération. Les religieuses étaient joyeuses et un grand soleil inondait la chambre. Radieuse, Gwenaelle me parut s'éloigner. Gavin me reçut avec ce que je pris pour de la distance. C'était sans doute une projection d'un vague sentiment de culpabilité. En les regardant tous deux, je fus obligé de constater qu'ils se ressemblaient, même si je me sentais plus proche de l'un et de l'autre qu'ils ne l'étaient entre eux. Comme déjà j'avais éprouvé les mêmes sentiments à l'égard de Gavin et David, je me dis que c'était ma pauvre manière de me consoler. En fait, tout était joué entre Gavin et Gwenaelle, depuis toujours. Je décidai de précipiter mon départ.

J'appris plus tard que Gwenaelle avait

regagné son manoir breton et qu'elle avait fait disparaître son enfant. Un an après, Gavin guéri s'est marié avec Gwenaelle. Ils m'ont invité à leur mariage «secret»: si je m'y rendais, je serais seul avec eux. Je n'y suis pas allé. J'étais devenu amoureux de Gwenaelle. Je n'étais pas sûr d'être heureux de revoir Gavin. Il devait continuer à parcourir le monde arabe, multipliant des éclats dont le retentissement était sonore. Dans une interview qui fit scandale, il prit parti en faveur de l'Irak, un peu avant la guerre du Golfe. Il servit d'interprète lors des entretiens d'un ancien Premier ministre britannique avec Saddam Hussein pour faire libérer des otages.

C'est après cette guerre que Gwenaelle tomba malade. Gavin publia dans une austère revue de stratégie une étude précise et inspirée. Il y désespérait du destin de l'arabisme, et annonçait les «convulsions islamistes». Gavin dans cette étude empruntait un ton un peu testamentaire et qui laissait présager son retrait des affaires arabes. Un journal londonien, surtout connu pour sa propension à révéler les scandales de la famille royale, publia une lettre adressée par Gavin à un vieux pro-

fesseur d'Oxford en retraite et qui avait été
son maître. Gavin y dénonçait le déclin de la
Grande-Bretagne, pour lui devenu insupportable. Il refusait de «choisir entre la déchéance
d'une jeunesse anglaise dont la violence
n'avait plus de sens, et tous ces Arabo-Asia-
tiques si admirables chez eux, si laids chez
nous. Nous les avons enlaidis et ils nous l'ont
rendu». Gavin protesta contre la publication
de cette lettre privée — procédé qui confirmait le jugement qu'il portait sur les mœurs
de son pays. Certains propos avaient été de
plus selon lui déformés. Le dernier geste public
de Gavin fut d'écrire dans *The Independent* au
romancier Salman Rushdie, condamné à mort
par l'Iran pour blasphème : «Lorsqu'on prend
comme vous de tels risques, on peut encore
avoir des raisons d'écrire.»

Gwenaelle mourut un peu avant la publication des adieux exprimés par Gavin au monde
arabe. Entre-temps, elle était devenue ar-
chitecte. Un Français de ses clients m'a dit
qu'il n'avait de sa vie rencontré une femme
plus belle et plus énigmatique. Tous les ans
j'avais reçu des vœux. Toujours sur une
simple carte postale. Toujours écrits avec une

tendresse chaude et attentive, à peine joueuse, par Gwenaelle et par elle seule. Mais au dos de la carte postale, il y avait toujours un portrait de Lawrence d'Arabie.

TABLE

Achevé d'imprimer en décembre 1994
sur presse CAMERON
dans les ateliers de B.C.A.
à Saint-Amand-Montrond (Cher)

Nº d'impression : 94/905.
Dépôt légal : novembre 1994.

Imprimé en France